바람, 바람,
코로나 19

바람, 바람, 코로나 19

문선희 소설집

산지니

차례

물안개

혹시 남편의 체온이 느껴지나 싶어 옆자리를 더듬어보았지만 곁에 누워 있어야 할 사람 대신 온기 없는 싸늘한 이부자리가 만져졌다. 삼례댁은 가벼운 한숨을 내쉬었다. 남편을 향한 삼례댁의 인내는 그 한계선을 넘어선 지 오래다. 못 참을 것만 같은 그의 외박이었는데, 그럭저럭 하루하루 참고 살다 보니 해를 넘기고 있다. 일찌감치 의지할 데 없이 모진 풍상을 겪으며 살아온 그녀는, 지금까지 산 것만으로도 사실은 족하다 생각했다.

'순전히 덤으로 살았구말구.'

그렇게 스스로 위안하는데도 불구하고, 저 가슴 밑바닥을 덩치 큰 솜뭉텅이로 누군가가 눌러대는 것 같은 느낌이 든다. 이런 느낌 뒤에 어김없이 따라오는 둔중하고도 빠개지는 아픔이 그녀를 짓눌렀다. 의사는 그녀가 협심증에 시달리고 있다고 했다. 머리맡에 놓아둔 약을 더듬어 찾아 입안에 집어넣었다. 통증은 거짓말처럼 이내 가라앉았다.

장지문을 열고 마루로 나오자, 어둑한 신새벽의 안개가 삼례댁에게 달려들었다. 겹겹이 둘러쳐진 안개벽 때문에 지척을 분간할 수 없었지만, 안개를 걷어 내려는 헛손질 따위는 하지 않았다.

간밤에 설친 잠 때문인지 삼례댁의 눈은 퀭해 보였다. 비어 있는 남편의 이부자리를 보듯 멍하게 마당 어귀를 바라보았다. 아무도 없는 그곳이 새삼스러울 것도 없는데, 허전한 마음을 달래느라 한동안 무슨 짓도 하지 않고 가만히 앉아 있었다. 문득 오늘 많은 일을 해내야 한다는 생각이 들자 삼례댁은 가벼운 한숨을 쉬고는 마루 벽으로 다가갔다. 벽에 걸린 남편의 낡은 넥타이를 집어 들었다. 공부를 마친 아이들을 제각각 갈 길로 가게 한 뒤, 이 한적한 시골로 이사를 왔다. 넥타이는 도회지에서 운영하던 그들의 한정식집이 한창 번성해 잘나갔던 시절 남편이 맸던 넥타이였다. 검은 바탕에 흰색 줄무늬가 사선으로 그려진 이 실크 넥타이를 매고 뒷짐을 지며 종업원들을 부리던 그이의 모습을 보고 있노라면 뿌듯함이 충만하게 차오르곤 했다. 이젠 낡아빠져 원래의 고급스러운 모습을 찾아볼 수 없는 넥타이로 삼례댁은 치맛자락이 흘러내리지 못하게 질끈 묶고는 툇마루로 내려섰다.

두레박을 깊은 우물 속으로 내리꽂았다. 도르래를 위로

끌어올리자 두레박은 왈칵왈칵 물을 토해내며 따라 올라왔다. 더 이상 남아 있을 성싶지 않던 부질없는 육정으로 간밤에 뒤척였던 생각을 하자 새삼 진저리가 났다. 치욕스런 기분을 떨쳐 버리려고 머리채를 흔들었다. 망령된 생각이 싱싱한 물에 씻겨 내려가기라도 하듯 삼례댁의 기분은 한결 상쾌해졌다. 망령을 물리치는 최선의 길은 오직 하나, 일을 하는 것이다.

수도가 있긴 하지만 삼례댁은 아직도 우물물을 즐겨 사용한다. 명절 때마다 찾아오는 맏아들은 이 우물물이 식용으로 적합한지 때마다 시험했다.

"어머니, 이 물은 정말 좋은 물이에요. 대장균도 없구요, 미네랄도 아주 풍부합니다."

반백이 다된 머리카락을 흩날리며 웃는 깐깐한 미생물학과 교수 말고 또 누가 더 우물의 안전도를 증명할 수 있단 말인가. 맏이의 말대로 좋은 물을 먹고 살아서 그런지 가슴앓이를 하고 사는 삼례댁이건만 얼굴은 곱고 혈색도 좋은 편이었다. 자식들은 차 뒤 트렁크에 우물물을 양껏 담아 가곤 했다. 출렁이는 생수통을 가득가득 싣고 가는 모습이 그렇게 흐뭇할 수가 없었다. 삼례댁은 이제껏 배탈 한 번 일으키지 않았던 물을 벌컥벌컥 들이마셨다. 쨍한 물맛이 윗속까지 옴싹하게 만들 정도로 차가웠다.

오늘은 닷새장이 서는 장날이다.

이웃에 사는 그 흉물스런 인간이 오기 전에는, 남편과 함께 손을 잡고 장에 나들이가는 일이 참 즐거운 행사였다. 남편은 어젯밤도 그곳에서 지냈으리라. 오십대 중반의 여인 삼례댁은 아직까지도 남편을 향하여 배신의 칼을 벼릴 줄 아는 열정이 얼마간 남아 있는 자신이 혐오스럽기까지 하다. 아직도 그 더러운 정욕이 남아 있다니. 남편의 상대역은 그미보다 열 살이나 많은 청송댁이다.

남편을 만난 지 벌써 삼십 년이 넘는 세월이 지나갔다.

갖은 고생 끝에 겨우 포장마차 하나 마련할 돈이 생겨 개업했던 첫날 첫 손님이 그이였다. 불빛 아래에서 어묵을 멸치국물에 집어넣고 닭똥집과 삶은 국수를 진열하고 있을 때 얼굴빛이 어두운 사내가 포장마차 안으로 들어왔다. 사내는 목발을 짚은 성치 못한 사람이었다.

"국수 한 그릇 말아주시오."

국수를 말면서 그미는 어째서 하필이면 첫 손님이 장애인일까를 생각했다. 앞으로 자신의 포장마차 장사는 어떨까. 운세를 짚어보듯 사내를 유심히 훑어보았다. 사내의 목소리는 낮았고 예의가 발랐다. 국수 그릇을 두 손으로 공손하게 받는 사내는 입성도 깨끗했다. 사내가 계산을 치르고 나갈 때까지 손님은 그뿐이었다.

그미는 사내도 필시 전쟁통에서 당한 부상 때문에 목발을 짚게 된 게라고 짐작했다. 그래서 사내에게 전쟁통에 겪었던 자신의 일을 이야기했다.

"피난길에서 폭격을 맞았다고 생각했는데 눈을 떠보니 제가 살아 있대요. 그런데 낯선 곳이지 뭐예요. 제법 큼지막한 목재소 마당이었죠. 옆에 누운 사람의 몸에서 피가 계속해서 흘러나오는데 얼마나 무서웠는지 몰라요.

움직일 수가 없을 정도로 무서워 가만히 있었지요. 간간이 따발총 소리가 들렸는데 누군가가 목재소 마당에 쌓여 있던 통나무를 건드렸던 모양이에요. 우람한 통나무가 한꺼번에 데구르르 굴러와서 나는 있는 힘을 다해 그 자리를 피했지요. 하마터면 통나무에 깔려 죽었을 거예요. 참 우습죠? 전쟁 중에 총에 맞아 죽을 뻔했던 게 아니라 통나무에 깔려 죽을 뻔했다니까요."

사내는 그미의 말을 듣고 훗 하고 웃었다. 그는 어쩌면 중년의 나이일지도 모른다고 생각했다. 그만큼 그는 지치고 늙어 보였다. 기실 그미가 그때까지 겪었던 전쟁의 경험은 말로는 어떻게 설명할 수가 없는 참혹한 것이었다. 담벼락 밑에 피어 있던 붉은 다알리아 색깔 같은 핏빛을 보며 얼마나 놀랐던지.

곁을 아슬아슬하게 비껴 지나갔던 통나무처럼 삼례댁의 삶은 질곡의 연속이었다. 삶이 무지막지한 몽둥이가 되어 끊임없이 그녀를 채찍질했다.

피난길에서 기진맥진하다가 길바닥에 드러누워 꼼짝도 못하고 있었을 때 누렁개 한 마리가 어슬렁거리며 다가와 눈을 빤히 뜨고 일어나지 않는 아이를 내려다보더니 빨리 일어나라고 커엉 짖었던 것을 기억한다. 짐승인 개조차도 심상찮은 천기에 어떻게 대응해 보려고 울부짖었을 것이다. 저녁이 되자 대지 위에 습기가 촉촉해져 아이는 더 이상 누워 있을 수 없었다. 마을은 텅 비어 있었다. 생경한 곳이었다. 폭격이 떨어진 곳에서는 미처 사그라들지 않은 불꽃이 길길이 치솟고 있었다.

지금도 삼례댁은 지옥의 풍경은 그런 것일 거라고 상상해 본다. 누렁개 소리를 듣고서는 누군가가 아이가 누워 있는 곳으로 걸어왔다.

뚜걱뚜걱. 둔중한 군화를 신은 낯선 사내가 다가왔다. 사내가 총부리로 맥 놓고 누워 있는 아이를 툭 한 번 건드렸다. 아이는 땅바닥에 죽은 듯이 누워 있었다. 아이가 죽었다고 생각한 모양으로 군인은 아무 말 않고 다른 쪽으로 사라졌다. 아이는 그때 참 소중한 것을 깨달았다. 싸워 이길 힘이 없을 때는 죽은 듯이 가만히 있으면 살게 되어 있다고.

아군을 만나면 전쟁고아라고 했고, 적군을 만나면 아버지가 북으로 가버려서 어머니는 서까래에 목을 매달고 죽어버렸다고 둘러댔다. 피난길에서 주워 들은 이야기로 자신을 새롭게 꾸며댔다. 아무도 거짓말하는 법을 가르쳐 주지 않았지만 살기 위해서 이리저리 둘러댔다.

집을 찾아 헤매었지만 자꾸만 낯선 곳, 더 낯선 곳이 나왔다. 가는 곳마다 죽음들이 널브러져 있었고, 슬픔이나 두려움에 무감각해져 갔다. 쓰러진 시체의 품을 뒤져 먹을 것을 찾아내고, 손가락이나 목에 걸린 금붙이를 빼앗았다. 흩어진 피난보따리에서 쌀이 나오면 그대로 입안에 털어넣기도 했다. 뻣뻣하게 오그라든 시체의 손가락이나 팔을 펴느라 얼마나 안간힘을 썼는지. 자신만이 알고 있는 그 부끄러운 추억을 아무도 모른다. 아니, 알아서는 절대 안 된다.

닭똥집을 안주 삼아 소주를 마시고 있던 사내가 그미를 물끄러미 바라보며 말했다.

"나도 동란 때 한쪽 다리를 잃어버렸소. 아가씨는 젊은 나이에 고생이 심하구료."

그미의 짐작대로였다. 그는 그미의 사연을 더 듣고 싶어 하는 눈치였다. 억장이 무너져 무슨 말부터 해야 할지 몰랐다.

그미는 기억을 더듬으며 천천히 생각나는 대로 이야기했다. 하늘만이 알고 있어야 할 비밀스런 일들은 몽땅 빼고 말했다. 그미가 말했던 사건은 난리통에 누구나 겪을 법한 일이라서 새삼스러울 것도 없는 평범한 이야기였다.

큰 부자는 아니었지만 부모님과 위로 언니 하나, 아래로 남동생이 하나 있어 남부러울 것 없이 컸노라고. 그리고 동란이 일어났던 그날은 외가에서 놀다가 집으로 가는 길이었는데 그만 폭격을 맞아 가족들과 생이별을 하게 되었노라고 말했다. 무슨 그런 황당한 일이 벌어졌는지 모른다고 그미는 중얼거렸다. 그때 자기 나이가 고작 아홉 살이었다는 말과 함께.

어느 대목에 와서는 말을 잠깐 끊고 자신의 가슴 속에서만 품어야 할 말을 삼키느라 묵묵히 국수만 말곤 했다.

벌거숭이 벌판에서 굶주린 여우처럼 시체를 파헤치고 품속을 뒤지는 일에 능숙한 솜씨가 붙어, 거짓말과 도둑질이 일상의 전부가 돼버렸던 일. 그 재주를 용케도 알아보는 친구들이 있어 소매치기 두목을 만나게 되었고, 기차간에서 앵벌이를 하거나, 술집을 전전하며 껌을 팔거나, 소매치기를 팔도강산 안 간 곳이 없을 정도로 하며 누비고 다닌 이야기까지.

소매치기 단원들 중에서도 그미는 가장 뛰어났다. 들키면 임기응변으로 둘러대는 말솜씨로, 선봉대원으로 뽑혀 누구보다 앞장섰다.

껌을 권하며 손님의 호주머니에서 지갑을 빼내는 일쯤은 눈 감고도 했다.

덜미를 잡힌 적도 더러는 있었다. 그러나 아저씨, 제가 그만 실수했어요. 집에는 병든 할머니가 계셔요. 용서해 주세요. 눈물을 흘려가며 용서를 빌면 거의 모두 작은 아이를 두고 그대로 가버리곤 했다. 불쌍한 아이를 탓하지 않는, 야박스러움 없는 그 심리를 악용해 일을 해냈다.

그 어두웠던 작업을 그만두었던 것은 두목의 음흉한 눈길이 점차 야수처럼 변해, 하마터면 겁탈을 당할 뻔했던 사건 때문이었다. 순결만은 지키고 싶었다. 두목의 눈길을 피해 도망다니다 대원들에게 잡혀 몰매를 맞았던 적도 여러 번 있었다.

빌어먹는 한이 있더라도 다시는 어둠의 세계와 손을 잡지 않겠다고 굳게 다짐을 하고서는 그 지겨운 곳을 탈출하여 남의 집 식모살이를 시작했다. 눈에 띄지 않는 가정집에서 오 년이란 세월을 보내고 나니, 자연적으로 그들과 연락이 끊어졌다. 약간의 밑천으로 장사를 하는 일은 쉽지 않았으나, 남의집살이도 더 이상 할 수 없었다. 그 집의 주인남자는 물론이고 고등학교생이던 아들까지도 자신의 육체에 눈독을 들이는 것을 알았기 때문이다. 그 눈빛. 사람의 눈빛이 얼마나 동물적이고 추악하게 보일 수 있는지 그미는 알고 있었다. 먹이를 보고 죽을 때까지 놓치지 않으려는 날짐승의 눈빛이 그러하리라.

주인여자에게 자신의 위험을 알리니 두말하지 않고 내보내 주었다. 그동안 열심히 일한 대가라며 제법 목돈을 쥐어 주었다. 그리고 그 집을 나왔다. 그미의 나이 열아홉이었다. 십 년이란 세월 동안 험한 세상을 마구 돌아다녔던 것이다. 마치 눈 덮힌 산길에 먹이를 찾아 헤매는 짐승처럼. 그렇게…… 두 눈 퀭한 짐승 한 마리처럼.

포장마차를 하면 옛 시절의 동료나 두목을 만날 수도 있고, 위험한 밤 손님을 만날지 모른다는 두려움도 있었으나 적은 돈으로 생계를 꾸려나갈 다른 방법이 없었다. 주인여자가 준 돈으로 방 한 칸에 부엌이 딸린 거처를 전세로 얻고 남은 돈이었다. 그동안 남의집살이를 하면서 익힌 음식솜씨가 그미를 포장마차로 선뜻 나서게 했다. 그미에게 꿈이 있었다면 그미 소유의 작은 분식점을 하나 갖는 것이었다.

사내는 자주 왔다. 포장마차 구석에 목발을 세워놓고 언제나 국수를 시켰다.

하루는 국수를 시키지 않고 그는 소주만 마셨다. 소주를 물마시듯 하니 그미는 다소 걱정스런 표정으로, “안주라도 잡수셔야죠”라고 했다. 다른 술꾼과는 달리 얌전했던 그는 여느 때와 다르게 뜻밖에도 큰소리를 질렀다.

"마누라가 날 보고 집에서 나가래. 돈도 못 벌어 온다나. 내가 이 다리로 무슨 돈을 벌어? 군경 위로금이 있는데도 그것으론 어림도 없대. 나가서 돈을 벌든지 아니면 사라져 달래."

그미는 묵묵히 들으며 꽁치를 연탄 화덕 위에 올려놓았다. 기름이 불 위로 떨어지자 불길이 화르륵 치솟았다.

"내 예감이야. 마누라한테 애인이 생겼어. 그렇지 않고선 이럴 리가 없어."

꽁치에 불길이 일었다. 그미는 석쇠를 번쩍 들어 올리며 집게로 불길을 탁탁 털어냈다. 그미는 갓 구운 꽁치를 사내의 접시에 올려주었다.

"빈 속에 술만 드시고 있어요. 안주 좀 잡수셔야죠."

그미의 말에는 대꾸도 않고 그는 탁자를 쾅 내리쳤다.

"나 이래봬도 대학물까지 먹은 놈이라구. 이렇게 말하는 것 자체가 부질없는 일이지만 말이야. 만약 전쟁만 안 났더라면 난 검사가 되어 떵떵거리고 살았을 거야. 말이 나왔으니 말이지만 고시공부는 다리가 없어도 상관없는 일이야. 마누라가 내조만 잘해주면 터억 하니 고시에 패스할 수도 있는 일이라구. 그런데 마누라는 날 보고 집을 나가래. 어리석은 여편네."

사내는 술잔을 내려놓고 눈물을 삼키고 있었다. 그가 한없이 나약해 보였다. 장사를 마쳐야 할 시간이 되었는데도 사내는 일어날 생각을 하지 않았다.

"나, 여기서 재워 주구료."

사내는 그미에게 사정을 했다.

그미는 단칸셋방으로 갔고, 사내는 포장마차에서 잤다.

다음 날, 포장마차로 나가니 사내는 깨끗이 청소하고 그미를 기다리고 있었다. 밤에는 아예 나란히 서서 주인 행세를 하며 국수를 말거나 손님 시중을 들어 주었다.

그미는 문득 사내와 함께 살아볼까, 라는 생각을 했다. 크게 나쁠 것 같지 않았다. 까막눈인 자신이 사내에게 글을 배운다면 좋을 거라고 생각했다. 사내가 자신을 돕고, 힘을 합쳐 돈을 벌고, 아이도 낳고, 무엇보다 가족이 생긴다는 생각을 하니 열아홉 처녀의 가슴은 설레었다. 얼마나 갖고 싶었던 가정이었나. 꼭 남들처럼만 살고 싶었다.

"저는 사랑이 뭔지 몰라요. 그러나, 사랑이란 이런 게 아닐까 생각했었어요. 편안한 옷과 같은 것이요. 댁은 참 편한 사람같이 여겨져요."

그미의 말을 듣고 사내는 굳어버린 사람처럼 꼼짝도 않았다. 포장마차에서 일하면서부터 술을 입에 대지도 않았던 그가 그미의 고백을 듣고는 소주 한 병을 단숨에 마셔 버렸다. 프로포즈는 처녀가 먼저 한 것이었다. 그것도 열아홉 살의 건강한 처녀가 다리 하나를 잃어버린 서른다섯 살의 유부남에게 말이다.

"나는 병신에다 비록 쫓겨난 몸이기는 하지만 아내와 자식이 있는 몸이오. 그런데 처녀인 당신이 나를 반려자로 삼는 일은 일종의 모험이 아니겠소? 다시 신중하게 생각하시오."

그래도 그미는 괜찮다고 말했다. 사람이 진정 그리웠던 그미는 빈털터리인 그, 병신인 그가 오히려 좋았다. 그는 틀림없이 온전히 자기를 의지하고 살 터이므로 배신당할 염려는 없다고 판단했다. 전쟁고아로 잡초처럼 살아온 지난 십 년 세월의 고독이 무서웠다. 고독의 정체는 어떤 흉악한 짐승보다 무섭다. 고독은 사람으로서는 필적할 수 없는 끔찍한 것이었다. 그가 순한 사람이고, 배운 사람이란 조건만으로도 그미는 충분히 만족했다.

그미의 단칸셋방에서 신혼살림을 차렸다. 그미는 행복했다. 그러나 그는 간간이 어두운 얼굴을 하곤 했다. 원래 보잘것없는 살림이었지만 사람 하나가 더해지니 풍성해진 느낌이 들었다. 처음으로 그미는 행복이란 단어를 떠올렸다.

"우리 집사람 기갈이 보통 심한 사람이 아니야. 소문 듣고 나타나면 어떡하지?"

그의 예감처럼 정말 그들 앞에 남편의 마누라가 나타났다.

신혼의 어느 날, 느닷없이 그미 앞에 나타난 여인은 올망

졸망한 아이 셋과 우락부락하게 생긴 오빠와 남동생을 데리고 왔다. 삼례댁 머리채가 잡히고 세간이 모조리 부서졌다. 그미는 그날의 일을 영원히 기억하고 싶지 않다.

얄밉도록 우애가 깊은, 여인의 형제가 남편을 윽박지르고 집으로 돌아가자고 소매를 끌어당겨도, 남편은 죽었으면 죽었지 당신과는 살지 않겠노라 잘라 말했다.

"내가 전쟁에서 한쪽 다리 잃고 간신히 살아 돌아왔을 때 당신은 나에게 뭐라 악다구니 했어? 죽지 않고 왜 이런 꼴로 살아왔냐고 했지? 밥만 축내는 인간이라고 어디 가서 뒈지라고 안 했어? 왜 찾아? 날 왜 찾아왔어?"

남편이 완강하게 동행하길 꺼리자, 그들은 어처구니없다는 표정이 되어 떠났다. 그냥 떠난 게 아니라 아이 셋을 삼례댁에게 남기고 홀가분한 표정으로 떠났다. 마치 더러운 짐짝을 내팽개치듯 좁은 마당에다 세 명의 올망졸망한 아이들을 부려놓고 가버렸다.

아무리 남편이 싫다기로서니 제 배에서 낳은 자식을 뚝 떼놓고 간 여인을 삼례댁은 이해할 수가 없었다. 그렇게 알토란같이 예쁜 아이들을 어떻게 두고 갈 수가 있단 말인가. 남편은 마누라가 바람이 나지 않았으면 자기에게 그럴 리가 없다고 입버릇처럼 말해왔다. 어쨌든 그 이후로 그의 마누라는 한 번도 찾아오지 않았으니까 바람이 나긴 났었던 걸까? 바람이 났다면 단단히 났으리라. 어찌 제가 낳은 자식들을 삼십 년이 넘은 세월 동안 찾지 않을 수 있단 말인가?

그랬던 그 여인이 바로 삼례댁보다 10살이나 많은 청송댁이다. 사실 그 흉물스러운 인간 청송댁이 남편의 본부인이긴 하지만, 그래도 삼례댁은 청송댁을 선뜻 용서할 수 없다.

그미는 상이용사인 남편을 대신해 생계를 꾸려나가야 했으므로 언제나 피곤에 절어 있었다. 게다가 자신은 왜 이렇게 어렵게 살아야 하나, 그런 억울한 생각이 예기치 않게 찾아오면 골똘하게 한 가지 생각에만 빠져드는 버릇 때문에, 그미의 바로 코앞에서 아이들이 무슨 말을 재미있게 하더라도 건성건성 들었다. 식구 이외 사람들은 그미가 뚱한 성격을 가지고 있다고들 했지만, 다행스럽게도 아이들만은 그미가 또 딴 생각에 빠져들어서 그렇다고 이해해 주었다.

이젠 아무 쓸모없는 늙은이가 되어 나타난 청송댁을 생각하면 부르르 치가 떨린다. 더군다나 그 인간이 나타나자마자 마치 기다렸다는 듯이 쫓아간 남편은 또 어떻고?

추석이 이제 사흘 뒤다. 삼례댁은 장에 갈 채비를 차린다. 청송댁이 낳은 아이 셋에다 자신이 낳은 둘, 그 다섯 명의 아이들은 제비가 제 집 찾듯 명절이 되면 돌아온다. 귀여운 손주들은 할머니가 만든 음식이라면 가리지 않고 맛있게 먹었다. 자녀들을 만날 생각을 해서라도 억지로 기운을 내려 한다. 누가 더 효자인지 모를 지경으로 다섯 아이들은 어쩜 그렇게 하나같이 성실하고 착했는지. 아이들이 모두 반듯하게 자라준 것은 정말 다행스럽고 자랑스러운 일이다.

손자 손녀만도 열 명이 되어 명절 음식 장만하는 일이 큰 일이지만, 며느리들이 자기네들 맡은 음식은 해가지고 온다. 그러니 탕이며 산적이며 나물 몇 가지만 준비하면 될 일이었다. 자기네들 집에서 해 온 찜이며 부침개를 며느리들이 내밀면, 삼례댁은 매번 황송해한다.

"머리가 좋으면 음식도 잘하는 모양이다."

맞벌이인데도 어쩜 그렇게 며느리들은 음식 솜씨며 아이들 키우는 재주며 나무랄 데 없는지 삼례댁은 혀를 내두르곤 했다. 무엇보다 며느리들이 가정을 금쪽같이 생각하고 알뜰살뜰하게 보살피니 여간 감사하고 다행스럽지 않았다.

대견한 자식들을 떠올리자, 삼례댁은 간밤에 잠을 설치며 가슴앓이를 했던 자신이 어리석다는 생각마저 들었다. 자식들을 곧 만나게 되리라는 설렘으로 다시금 힘이 불끈 솟아나는 것 같았다.

장바구니를 들고 삼례댁은 장으로 향했다. 장터로 향하는 삼례댁의 발걸음은 다시 기운을 되찾은 듯 활기찼다.

이른 시간인데도 벌써 사람들로 북적거렸다. 추석 대목을 노린 장터에는 제수거리가 지천이었다. 두둑하게 껴입은 옷 덕분에 나이에 비해 실한 삼례댁의 몸은 둥글둥글하다. 도회지에서 큰 음식점을 경영했던 손 큰 안주인답게 그미는 무엇이든 듬뿍듬뿍 돈을 아끼지 않고 샀다. 검게 탄 얼굴이 주름지고 저승꽃마저 핀 가냘픈 노파가 마른 더덕이며 고사리를 팔고 있었다. 그미는 자녀들이 제각각 보금자리로 돌아갈 때 나누어줄 생각으로 마른 산채들을 에누리 없이 몽땅 샀다. 왠지 장한 일을 한 기분이 들었다.

실팍한 허리와 두리함지박만 한 엉덩이로 잰걸음으로 집으로 돌아왔을 때 그미를 기다리는 건, 집 전체가 자욱한 안개에 휩싸여 있다는 착각이 들 정도의 고즈넉한 기운뿐이었다. 그미는 한숨을 푹 내쉬었다.

방금 길어 올린 물에 고사리, 더덕, 표고버섯을 담가놓고, 냉장고에서 꺼낸 쇠고기 덩어리는 산적할 마음으로 부엌 바닥에 앉아 찬찬히 썰었다. 칠순의 남편은 은색이 표표히 드러나는 머리카락과 쇠약해진 팔 다리를 늘어뜨리고 청송댁 곁에서 혼곤한 잠속에 빠져 있을 것이다.

간밤의 꿈이 생각난다. 꿈속에서 누군가가 삼례댁에게 다가와 귓속말을 속삭였다. 그럴 때의 삼례댁은 언제나 열아홉 살이었다. 당신을 사랑해. 돌아보니 남편이었다. 언제나 그랬다. 꿈속에서 사랑을 속삭이고 꿈속에서 산을 오르고 손을 붙잡고 즐겁게 노래를 부르고. 그리고 돌아보면 상대는 언제나 남편이었다. 꿈속에서조차 상대는 남편이었다. 매번 그랬다. 삼례댁은 그 남자, 남편밖에 몰랐다.

남편은 지금쯤 청송댁을 껴안고 잘까, 아니면 등을 돌린 채로 잘까. 잠시 상상을 해보다 자존심도 상하고 망측스럽다 싶어 몸을 움찔거린다.

"제사 음식 차리면서 이 무슨 방정맞은 생각일까?"

그미는 고개를 휘이 내저었다.

대충 부엌일을 끝내고 잠시 쉴 양으로 방 안으로 들어온 삼례댁은 물기를 밟아 축축해진 버선을 벗고 앞치마도 끌렀다. 점심 식사 시간인데도 혼자서는 무엇 하나 먹고 싶은 생각이 없다. 베개를 끌어당겨 머리 밑에 쑤셔 넣고 몸을 누인다. 무슨 수호신처럼 머리맡을 주욱 지켜온 병풍을 올려다본다.

가난했던 신혼 시절 싸구려 장사꾼에게서 샀던 물건이었다. 학이 많이 있는 풍경이라든지, 학이 소나무 가지를 향해 기품 있게 날아가는 모습이라든지, 학이 외다리를 꼬고 하늘을 쳐다보는 자태가 마음에 들어 샀었다. 쪽빛 공단천은 세월이 흘렀어도 크게 바래지 않아 요즘은 가보처럼 소중하게 생각하는 물건이다. 어쩌다 오는 손님들도 꽤 괜찮다고 칭찬해 주었다. 하긴 요즘에야 사람이 공 들여 한 땀 한 땀 수를 놓는 손 자수는 부르는 게 값인 세상 아닌가. 그미의 머리맡에 놓인 병풍은, 전쟁 직후 굶주렸던 시절 비록 몇 푼 안 되는 값을 치르고 샀지만 정성들여 수를 놓은 손 자수 병풍인 것이다.

아리랑 고개는 연마 고개
삼팔선 고개는 원수 고개
아리랑 고개는 작별 고개
삼팔선 고개는 눈물 고개
날 데려 갈 때는 사정도 많더니
날 데려놓고는 잔말도 많네

소매치기단에서 늘 불렀던 노래였다. 삼례댁은 그 괴로웠던 시절의 두목과 패거리마저 다시 한 번 만나고 싶을 정도로 남편에게 정나미가 떨어져 버렸다.

포장마차에서 분식점으로, 분식점에서 어엿한 한식집으로 장사를 늘려갈 때마다 얼마나 바빴던가. 아이들이 커가면서 상대적으로 시간이 많은 남편이 늘 뒷짐을 지고 한가롭게 살았던 것에 비해, 자신은 얼마나 고달팠던가. 남편은 처음부터 고시공부에는 흥미가 없었다. 그가 무엇인가 기록하고 들여다보는 일은 아이들의 숙제 검사와 그미의 가게 장부밖에는 없었다.

첫째 아이가 한참 감수성이 예민해져 있던 고등학교 이 학년 때였지 싶다. 아침에 책가방을 들고 학교에 간 아이가 밤늦도록 돌아오지 않았다. 삼례댁은 이상하게도 그 아이가 시외버스 정류장에 있을 거라는 생각이 들었다. 그건 그 아이가 틈만 나면 어디론가 떠나 버리고 싶다는 말을 자주 했기 때문이다. 늘 그 말이 마음에 걸렸던 게 무슨 암시처럼 되살아나 한달음에 시외버스터미널로 달려갔다.

썩은 시궁창 같은 냄새가 코를 찌르는 공중화장실 입구에 쭈그리고 앉아 있는 아이를 발견했다. 사색이 된 의붓어미의 품에 안겨 아이는 한없이 울었다. 생활력이 없는 남편을 대신해서 장사하랴 살림까지 도맡아 해야 했기 때문에 아이들을 알뜰살뜰 보살펴 주지도 못했었다. 아이들과 다정한 말 한마디 주고받지 못했을 정도로 여유가 없었던 생활이었다. 두 손이 퉁퉁 붓고, 짓무를 정도로 물일을 했던 탓에 삼례댁의 손은 딱딱한 굳은살이 박여 돌덩어리 같았다.

그 손을 잡고 맏이는, “엄니, 어머니, 잘못했어요, 용서해 주세요” 흐느끼며 황소 같은 울음을 슬피 울었다. 그날 삼례댁도 얼마나 울었던지. 삼례댁은 아홉 살에 헤어졌던 엄마를 생각했다. 얼굴을 기억할 수 없는 엄마. 아마 맏이도 가물거리는 생모의 얼굴이 안타깝고 서러웠으리라. 삼례댁은 그 아이의 마음을 충분히 이해할 수 있었다. 만이는 가출 소동 이후로 마음을 잡아 공부를 했고, 제 동생들을 잘 이끌어 가 얼마나 든든한 힘이 되어 주었던가.

밖에서 사람의 인기척이 들려왔다. 그미는 남편이란 것을 직감적으로 알았다. 방문이 조심스럽게 열린다. 말라깽이 남편이 거리를 두고 앉는다.

"임자 자나?"

삼례댁은 못 들은 척한다.

"음식 장만을 다했구료. 수고 많으이."

불끈 치솟아 오르는 울화 덩어리를 참지 못하고 삼례댁은 퉁명스레 말한다.

"뭣하러 왔수?"

남편은 언짢은 표정으로 되받았다.

"그 집이 자네 허락을 받아야 내가 갈 수 있는 집이야?"

삼례댁은 자리에서 벌떡 일어나 앉았다.

"내가 이제껏 이 집안 먹여 살리구 아이들 키워 주구 했는데 어찌 그럴 수 있소? 그 여자가 아이들하구 당신하구 버린 걸 잊으셨수? 이제껏 고생고생해서 살아온 내게 이럴 수 있수?"

남편은 삼례댁을 물끄러미 바라보며 혀를 끌끌 찼다.

"당신, 꽤 괜찮은 여자라고 생각했더니 별수 없구먼. 다 똑같아."

삼례댁은 자기도 모르게 앙칼진 목소리가 되었다.

"뭐가 별수 없어요? 어째서 똑같아요?"

"흥. 당신이 고생했다구? 그것도 고생이야?"

그 말이 삼례댁의 마음을 왕창 뒤흔들어 놓았다.

"그럼 고생이 아니잖구? 하아, 하늘이 알구 땅이 다 알아요. 지나가는 사람들한테 물어봐요. 그 사람들이 당신 말이 맞나, 내 말이 맞나 대답해 줄 거예요."

"자네 그렇게 당당하게 굴지 말어. 우린 호적상의 부부인 줄 자네도 알잖는가. 부부가 만나는 게 뭐가 그리 이상스러운가?"

삼례댁은 자신의 귀를 의심했다. 남편은 분명 청송댁을 묶어 우리라는 말을 했다. 부부라는 말도 했다. 혹시나 세 아이들의 마음에 상처가 될까 봐 청송댁의 이름을 호적에서 지우지 않았던 삼례댁이었다. 자신의 뱃속에서 나온 두 아이도 호적으로는 모두 청송댁의 아이들인 셈이다. 그런 갸륵한 마음을 칭찬해 마지않았던 남편이 아니었던가. 그런데 이제 와서 즈네들끼리 우리라니. 이런 배은망덕한 일이 하늘 아래 또 있을 수 있단 말인가. 마침내 삼례댁의 눈이 뒤집어지고 입에서는 게거품이 일었다.

"뭐, 뭐라구요? 그럼, 나는 당신에게 뭐란 말인가요?"

"아, 몰라서 물어? 당신은 어디까지나 소실이잖아. 당신 아이 이름도 우리 호적에 올려놓은 걸 몰라?"

둘 사이에서 태어난 금쪽같은 아이를 삼례댁의 아이라고 말하는 냉정한 남편을 삼례댁은 뚫어지게 노려보았다. 그 어떤 말보다도 그 말은 삼례댁의 가슴에 치명적인 왕소금을 뿌린 잔인한 말이 되고 말았다. 삼십 년의 세월을 이 벌레만도 못한 인간에게 꼬박 속아서 살아왔다고 생각하니 삼례댁은 온몸이 떨려 견딜 수가 없었다. 그미에게 온 우주였고, 하늘이었던 존재가 한낱 징그러운 미물로 변하는 순간이었다.

"뭐라구? 다시 말해 봐요. 부부지간 자주 만나는 게 뭐가 그리 이상하냐구요? 그럼, 부부지간에 좋아서 만든 자기네 아이들은 왜 나한테 맡겼어요? 조강지처 어디 두고 왜 나한테 빈대 붙어서 살았어요?"

삼례댁의 거칠고 우악스런 손길은 남편의 셔츠를 잡고 늘어졌다. 깡마른 남편은 볏단처럼 가볍게 쓰러지고 말았다.

"아이고 분해. 아이고 억울해."

방바닥을 치고 울부짖는 삼례댁을 달랠 생각도 않고 멍하게 앉아 있던 남편은 자리에서 주춤 일어났다.

"어딜 가요?"

앙칼진 삼례댁의 목소리에 비해 남편의 목소리는 한없이

기어들어 갔다.

"내 집인 줄 알고 찾아왔는데 여긴 내 집이 아니구먼."

그러고는 가 버렸다. 허정허정 걸어가는 남편의 뒷모습은 허수아비와 다름없었다.

작년 가을이었던가. 초라한 청송댁이 보따리 하나 달랑 안고 찾아왔던 때가. 남편은 바로 이웃에다 둥지를 튼 청송댁 집에서 살다시피 했다. 어쩌다 슬그머니 집으로 와 삼례댁의 눈치를 흘끔거리다가도, 도로 집을 나서곤 했다.

배신의 아픔을 씹을 나이가 아니란 생각에 삼례댁은 마음을 다잡은 지 수십 번. 그래도 살아온 세월 동안 고마웠던 게 많지 않았던가. 가족이 생겼고, 배 아프지 않고 생긴 자식 셋까지 모두 다섯 자식이 한결같이 반듯하게 장성했으니 그것만 해도 복 받은 인생이었노라 마음먹은 게 수백 번. 자신의 생이 마치 속없는 빈 껍질 같은 쓸쓸한 비애감이 한없이 들다가도 자식들 생각을 하면 힘이 부쩍 솟아나는 느낌이 들었던 게 수천 번. 그나마 이 해괴망측한 일이 다섯 아이들이 제나름 굳건한 가정을 이룬 뒤에 생긴 일이라 다행이라고 스스로 위로하길 수만 번이었다.

퍼질러 앉아 울던 그미는 기운이 없어 목침을 베고 누워 버렸다. 서글픈 생각에 눈물이 목침을 타고 흘러내렸다. 따지고 보면 남편을 만났던 그 순간부터 주기만 했던 사랑이었다. 남편에게서 받았던 것은 소중한 두 생명. 그 밖에 애지중지 사랑받았던 기억이 별로 나질 않는다. 그미는 또다시 몸부림을 쳤다.

명절에 아이들이 모이면 즈네 아버지의 괘씸한 소행을 죄다 일러바쳐 버리고 싶다던 생각은, 막상 아이들이 하나둘씩 환하게 웃으며 집 안으로 들어오는 순간에 사라져 버리고 말았다.

남편은 방금 외출에서 돌아온 사람처럼 자연스레 들어와 아이들에게 큰절을 받고 안부를 묻고 보통 때 늘 그랬던 사람처럼 삼례댁과 한 방 한 이부자리에서 잠을 자고 그리고는 명절 아침에는 한복과 두루마기를 입었다.

남편은 거침없이 곤한 잠을 잤으나, 삼례댁은 잠을 이룰 수 없었다. 거의 뜬눈으로 지새었다. 남편은 삼례댁에게 위로가 되는 무슨 말 한마디 정도는 해야 할 텐데도, 그냥 잠만 잤다. 남편은 확실하게 변해 있었다. 흙으로 돌아갈 날이 얼마 남지 않은 노인네들에게 주책스럽게도 이상한 일이 벌어졌고 남편은 망령 든 사람처럼 정신없이 구는 것이다.

향 타는 냄새가 방 안을 가득 메웠다.

“서력 일천구백구십구년 기묘년 추석 명절에 최씨 가문의 성기는 삼가 조상님 어른들께 사뢰옵나니 오늘은 망극하옵게도 조상님들의 혼령을 모시고자 작정한 날이오니 못난 저희들을 굽어살피시고 변변치 못한 몇 가지 제수를 올리옵고 거룩하신 유덕을 추모하옵나니 존령께옵서는 흠향하시옵소서."

남편은 축문을 읊조렸다. 굽이치듯 높고 낮은 그의 음색이 삼례댁에게는 오늘따라 유난스레 교활하게 들린다. 오동나무 가지 위에 앉아 있던 까마귀 한 마리가 까아악 까악 불길한 징조처럼 울부짖었다. 누구의 혼령이 육화되어 현신이라도 했단 말인가.

한눈팔지 않고 성실하게 살아온 자신. 멀쩡하게 두 눈 부릅뜬 육신을 가지고 있는 사람들도 자기 마음먹은 대로 되는 일이 별로 없는 인간사이다. 그런데 하물며 죽은 영혼이 무슨 용맹이 있다고 저승에서 이승으로 마구 오고 갈 수가 있겠으며 게다가 자손들에게 축복까지 줄 수 있단 말인가. 살아생전에 대대로 가난밖에 못 물려주었던 조상이 죽어서 후손들에게 복을 준다는 것은 당치도 않은 논리이다.

삼례댁은 인간의 죽은 혼령이 제멋대로 인간사를 조종할 수 있다면 그것은 이미 인간으로서의 의미가 상실된 것이라고 생각했다. 인간은 살며 죽으며 먹으며 입는 것을 자기 뜻대로 마음먹은 대로 마구잡이로 조종해갈 수 있는 존재가 절대로 될 수 없다. 망자에게 제사를 지내는 일은 살아남은

자가 자신을 위로하기 위한 수단일 뿐이다. 삼례댁은 제사상을 가증스런 눈으로 흘겨보았다.

축문을 읽은 남편이 큰절을 올렸다. 오른쪽 다리가 의족인 그로서는 참으로 힘들고 정성스런 예갖춤이었다. 그런데도 삼례댁은 그의 행동 하나하나가 가증스럽게 보일 뿐이다.

헛기침을 몇 번인가 하던 남편이 또다시 목소리를 가다듬었다. 아까보다 더 가라앉은 음성으로 엿가락처럼 길게 늘여가며 축문을 읽었다.

"고 유인 안동 권씨 신위(故 孺人 安東 權氏 神位) 배은망덕한 소생의 행위를 용서해 주시옵고 정성을 베풀었으니 부디 흠향하고 가시옵소서."

남편이, 삼례댁은 얼굴도 모르는 시어머니에 대한 예를 올리는 것이었다. 남편은 마치 어머님이 바로 눈앞에 계신 것처럼 지극한 동작으로 술을 따랐다. 아이들이 숙연한 표정으로 제 아버지가 하는 양을 물끄러미 내려다본다. 눈에 집어넣어도 아플 것 같지 않을 만큼 소중하고 귀여운 손자와 손녀들은 키득거리길 멈추질 않는다.

차례가 끝나고 자녀들이 각각 제 집에서 장만해 온 음식까지 상에 올리고 나니 잔칫집 상차림이 따로 없었다. 풍성한 식탁에 앉은 자손들. 삼례댁에게는 오늘 따라 그림의 떡 같기만 한 이 풍경을 어떻게 소화해내야 할지 막막한 느낌이다.

"아버님, 건강은 좀 어떠세요?"

둘째가 물었다.

"괜찮다."

그이가 짤막하게 대답했다.

"얼굴이 많이 상하셨는데요? 병원에 가셔서 진찰을 한번 받아보시죠."

"보기에 그렇지 난 아직 건강하다."

둘째는 명절을 쇠고 다음 날 떠나면서도 안심이 안 되었는지 삼례댁을 가만히 잡아끌었다.

"어머니, 아버님 보약이라도 지어드리세요. 아니면 가까운 병원에 가서 링거라도 맞게 하시지요. 어머니도 아버지 가실 때 같이 가셔서 몸을 돌보세요."

그러면서 용돈으로 쓰라고 손에 두툼한 돈봉투를 쥐어 주었다.

'고맙다. 복 받을 자녀들아. 너희들에게 차마 이야기를 할 수가 없구나.'

아이들에게 자기네 아버지는 이 세상에서 가장 존경받는 인물이다. 가게 일로 늘상 바쁘면 삼례댁 대신 남편이 아이들의 말상대였다. 그래도 학식이 있는 터라 아이들은 진학 상담은 물론 정혼 상대까지도 아빠와 스스럼없이 의논했다. 이 세상에서 가장 존경하는 인물이 누구냐고 어느 누구가 물어보면, 다섯 명의 자녀는 제 아버지라고 자신 있게 대답할 것이다.

우물물을 길어 저희들이 가지고 온 생수통에 담는 아이들을 삼례댁은 오늘따라 가슴 아프게 바라본다. 자녀들은 차 뒤 트렁크에 생수통을 싣고는 몇 번이고 잘 계시라는 말을 하고 떠났다. 눈물을 감추고 싶은데도 그게 잘 되지 않는 삼례댁은 자꾸만 눈을 꿈뻑이며 손을 흔들었다.

아이들의 정성을 대신한 용돈 봉투 다섯 개가 안방에 덩그러니 남았다. 삼례댁은 그것들을 쓰다듬었다.

'용서해라, 이 못난 엄마를. 미안하다, 얘들아.'

세 아이에게 생모가 바로 옆에 있다는 사실을 말하지 않았던 것이 가슴을 묵지근하게 억눌러댔다.

삼례댁은 몸이 솜뭉치처럼 나른해왔다. 피곤하여 마루에 잠깐 누웠는데 단잠이 들었던 모양이다. 자고 일어났더니 개운한 느낌이 들었다. 남편은 그 사이에 이미 청송댁에게 간 모양이다. 부엌에 가보니 소쿠리에 쌓여 있던 음식이 푹 줄어 있었다. 아이들에게 챙겨 주어 얼마 남지는 않았지만 거의 바닥이 난 지경인 것을 보니 전이며 생선 튀김이며 과일을 가지고 간 모양이다.

삼례댁은 망연자실 마루에 쭈그리고 앉아 어떻게 할 거나, 한숨을 내쉰다. 이 나이에 무슨 구경거리라도 제공할 양으로 동네 사람들에게 떠들고 싶지 않아 입을 다물고 있지만 동네 사람들인들 왜 그 사실을 모르랴.

이웃집 명애엄마가 마루에 앉아 있는 삼례댁에게 다가온다.

"아까 저쪽으로 가시는 것 봤어요. 사나이는 산 아이라더니, 늙어서 그런 추태를 부리면 부끄러운 줄도 모르나 봐요. 아주머니, 혈기가 왕성한 젊은이들 같지 않겠지만 질투심이 일어나지요? 당장 어떻게 요절이라도 내세요. 담판이라도 지어보세요. 똥바가지라도 퍼가지고 가면 힘이 없어서라두 물러설 거예요. 병신 육갑한다더니. 그 나이에, 게다가 다리병신한테 백발애인이 있다니요. 기가 막힐 일이에요."

이제껏 삼례댁은 남편이 병신이라고 한 번도 소홀히 대한 적이 없었고 그가 생활능력이 없다고 불평불만 한 번 가진 적 없었다. 고달플 땐 차라리 자신의 운명 탓으로 돌렸으면 돌렸지, 남편을 향해 화살을 쏘아대진 않았다.

그런데 이웃집 아낙이, 그것도 새파랗게 나이 어린 아낙이 남편을 병신이라 말하고 있지 않은가. 삼례댁이 명애엄마를 쏘아보자 명애엄마는 뒤늦은 실수를 깨닫고 황급히 자리에서 일어나 가 버렸다. 그 입에서 그런 말이 나왔으면 이 동네가 다 알고 있는 것과 진배없었다. 남우세스러운 일이다.

삼례댁은 한숨을 포옥 내쉰다. 담배라도 있으면 한 모금

빨고 싶은 심정이다.

무심코 대문 앞을 지나가던 소래댁이 집 안을 흘끗 기웃거린다. 못 견디게 외로운 삼례댁이 두 살 아래의 푸근한 성품을 가진 소래댁에게 손짓을 했다.

"이리 와요."

소래댁이 활짝 웃으며 온다.

"형님, 아이들 다 갔수?"

"그래. 차 밀릴까 봐 일찌감치 보냈어. 즈네들도 쉬라구. 우리 며느리들 해 온 솜씨 맛봐."

삼례댁이 소반에다 차려온 음식을 보더니 소래댁이 좋아라 한다. 과부 혼자서 명절 음식 다 챙기지 못한다는 걸 삼례댁은 잘 안다. 소래댁은 명절이 되어도 아무도 찾는 사람 없이 혼자다.

"형님은 복도 많수. 이게 다 형님이 쌓은 은덕 같소이다."

얌전한 며느리들의 음식 솜씨에 소래댁도 감탄한다.

"아침에 안당 영감님 돌아가셨어요. 방금 소식 들었어요."

"그래?"

아흔이 된 영감이 돌아가시면 아무도 놀라지 않듯이 삼례댁도 시큰둥하다.

"정정하셨는데?"

"왜 아니예요? 모두들 백수는 사시겠다고 했잖아요. 오늘 아침에 찰떡 잡수시다 목에 떡이 걸리는 바람에 그 길로 가셨대요. 마을 남정네들 고스톱 판 벌일 일 생겼다며 그 집으로 모이대요. 호상이니 힘들이고 곡할 필요도 없고, 마침 명절 때라 일 도와줄 마을 사람들 많고, 그 집 상주들은 한 걱정 덜었지 뭐예요."

호일에 남은 음식을 싸주는 삼례댁에게 황송해하며 소래댁이 잰걸음으로 대문을 빠져나가자, 삼례댁은 아까보다 더 한 공허감이 온몸을 휩싸는 걸 느꼈다. 이제는 할 일이 없다는 걸 깨달으니 더욱 그랬다.

댓돌 위에 내려서서 구두를 꿰신었다.

이렇게 마음 졸이며 있느니 차라리 가보자는 심산이었다.

이제껏 찾아가지 않았던 것은 그미의 알량한 자존심이 문제였다. 설마 남편이 자신에게서 떠날 리야 있겠냐 하는 자신감도 한몫을 했다.

삼례댁은 광 속에 있는 농약을 생각했다. 치사량을 넘는 약이 있다. 그것이 자신을 지켜주는 든든한 버팀목이 되리라곤 한순간도 꿈꿔본 적이 없었다.

'나에게는 치사량의 농약이 있다.'

아무나 붙잡고 협박하듯 외치고 싶은 지경이었다.

솔밭을 가로질러 가면서 삼례댁은 마음을 단단히 먹었다.

전쟁통에 진즉 죽었어야 했을 몸이었는데 덤으로 산 인생이었다. 덤에서 가정도 얻었고, 자식도 얻었고, 살림도 얻었다. 한정식집을 정리하고 두 사람은 자신들의 과거를 알지 못하는 낯선 사람들이 사는 이곳에 터를 잡았다. 아무런 연고가 없는 이 마을의 이름은 '차리'였다. 넓은 마당이 있는 집에서 노년을 편안하게 지내는가 싶었다.

여한은 없었다. 그미는 지금 자신이 이 땅에 더 머물러 있어야 할 이유를 확인할 수만 있으면 족하다. 인간에게 기대하는 실낱같은 희망. 그미는 그것을 신뢰라고 생각해왔다. 지금 심정이라면 남편에게서 무슨 신뢰를 기대할 수 있을까 싶지만 그미는 무작정 이렇게 발걸음을 옮기고 있는 것이다.

삼례댁은 지금 언덕 위에 서 있다. 그미의 발아래 청송댁의 집이 보인다.

솔잎 위에 털버덕 주저앉아 동네 입구 슈퍼에서 새로 산 담배를 꺼냈다. 성냥불을 댕겼다. 매캐하게 타는 유황 냄새가 자극적이다. 깊이 숨을 들이마시며 담배를 빨아먹었다. 달콤하고 편안했다. 담배는 남편에게서 배웠다. 그가 잠자리에서 의족을 풀면 잘린 허벅다리 봉합한 부위에 핏물이 배어 있었다.

자아, 임자 담배 한 대 피워봐. 금방 기분이 좋아질 거야.

남편은 담뱃갑에서 한 개비를 꺼내 불을 댕겨 아내의 입에

물려 주었다.

삼례댁은 심호흡을 한다. 속아서 살아온 지나간 세월을 분연히 갚을 기회가 지금에야 제 발로 찾아온 것이다. 마음이 가라앉아 갔다. 삼례댁은 주먹을 불끈 쥐었다.

골목 어귀는 꼬마들로 왁자했다. 장난기 어린 사내아이들은 쥐불놀이를 하고 있었고, 계집아이들은 암팡진 얼굴로 널뛰기를 했다. 펄쩍 뛰어오를 때마다 펄럭이는 치맛자락에 동심의 윤기가 자르르 흐른다.

활짝 열린 대문 안에서 화르르 터져 나오는 웃음소리. 설사 났네, 소리가 터져 나왔다. 친지들이 모여 화투판을 벌이고 있는 모양이다. 저렇게 모여 앉아 놀 수 있는 친지들이 있다는 사실, 그것 하나만으로 얼마나 축복된 삶인가. 명절마다 오직 자기 식구들뿐이었던 것을 기억하면 삼례댁은 쓸쓸해진다. 이 땅에 태어나 살면서 자신에게는 도대체 무슨 영화가 있었던가.

삼례댁은 마침내 낯익은 사립문 앞에 서 있다. 몇 번인가 남편 뒤를 몰래 따라왔건만, 남편이 이 집으로 스스럼없이 들어가는 양을 지켜보았건만, 한 번도 용기를 내어 들어간 적이 없었다. 사립문을 살짝 밀었다. 인기척이라곤 없이 조용했다. 댓돌 위에는 남편의 운동화가 가지런히 놓여 있었다. 마루 밑에 쭈그리고 앉아 안의 동정을 살폈으나 한참이나 지나고도 아무런 인기척이 들리지 않았다. 무슨 소리가 들리는 것 같았으나 확실치 않았다. 망측한 장면을 상상해 보며 치를 떨다가 아무래도 안 되겠다 싶어 삼례댁은 적극적인 태도로 마루 위에 올라앉아 방문에 귀를 기울였다.

"임자. 밖에서 그러지 말고 들어와. 괜찮아."

삼례댁이 방문 밖에 온 줄 어떻게 알았을까. 남편이 자기를 부르고 있다. 못 들어갈 것도 없다. 각오도 단단히 되어 있다. 삼례댁은 심호흡을 길게 하고 문고리를 우악스럽게 잡아당겼다.

남편이 그녀를 올려다보았다. 저렇듯 서늘한 남편의 눈은 처음 본다. 그가 정말 낯설어 보인다.

겁을 먹었는지 청송댁은 두 눈을 딱 감고 새파랗게 질린 채 꼼짝도 않고 누워 있었다. 은박 호일에 담긴 명절 음식이 청송댁의 머리맡에 놓여 있었다. 그것을 보자 삼례댁의 가슴은 화덕을 올려놓은 것처럼 뜨거워졌다. 삼례댁의 눈꼬리가 위로 바짝 치켜 올라갔다. 온몸이 부들부들 떨려왔다.

"무슨 낯짝으로 여기에 오셨소? 일어나 앉아 말해 보시오."

삼례댁은 자리에 앉으면서도 떨려오는 온몸을 가누지 못해 와들와들 떨고 있었다.

"임자, 진정해."

남편이 그미의 손을 잡았다. 삼례댁은 징그러운 벌레를 물리치듯 남편의 손을 홱 뿌리쳤다.

"더럽소."

"더럽다구?"

"그래요. 당신이 이렇게 더러운 줄 몰랐소."

이글이글 타는 삼례댁의 눈을 남편은 물끄러미 바라보았다.

"당신은 언제나 당당했지. 나 같은 병신 남편 때문에 고생도 많이 했구. 저 사람이 두고 간 자식들도 잘 키워 놓았구. 그래, 당신은 누가 봐도 훌륭한 아내였고 장한 어머니야. 다른 사람들이 모두 인정할 만큼 열심히 살았지. 그게 당신을 당당하게 만들었어. 그런데 나는 당신 앞에서는 늘 주눅이 들어야만 했지. 당신처럼 당당할 건덕지가 없는 거야. 난 당신이 늘 부러웠어. 아이들이 당신에게 보내는 눈빛을 보면 정말 부러웠지. 우리 어머니, 이 세상에서 가장 훌륭한 어머니. 그런 눈으로 아이들은 당신을 바라보지. 그렇지만 난 달라. 아이들은 나를 동정해."

삼례댁은 울먹이며 소리를 질렀다.

"지금에 와서 열심히 살았던 내게 잘못이 있다는 말씀인가요? 그래서 너무 당당한 내가 싫어서 당신과 자식을 버리고 갔던 조강지처를 끔찍하게 생각할 수밖에 없다는 말을 하시는 건가요? 고작 이렇게 하는 게 저에 대한 예의란 말인가요?"

남편은 고개를 가로저었다.

"아니야. 내 말 잘 들어. 자네를 비난할 생각은 조금도 없어. 나는 당신 덕분에 그럭저럭 잘 살았어. 당신을 만났던 것은 내게 가장 큰 행운이었지. 난 단지 자네처럼 당당하지 못한 내 자신이 답답하고 부끄러워. 이 세상에 태어나서 무엇 하나 내세울 것 없이 무능력하게 사는 사람의 심정을 당신이 알기나 할까? 저 사람 마음이 나와 같아. 어느 누구한테 말해도 돌팔매질 당할 일만 하며 살아왔던 사람이야."

삼례댁은 이글거리는 눈빛으로, 그런데? 그래서? 이제 와서 왜 나타났는데? 당신은 왜 이 집에서 이런 모습으로 앉아 있는데? 남편에게 끊임없이 질문하고 있었다.

"죽었어. 내가 집에 잠깐 간 사이를 못 참아 죽어 버렸어. 작년에 이 사람 아픈 몸을 이끌고 겨우겨우 여기까지 온 거야. 이 사람 간암 말기 환자였던 게야. 그때 곧 죽을 줄 알았는데 아직까지 살았어. 자기 묻어줄 사람 찾아온 게지. 이 병든 사람한테 붙들려서 내가 꼼짝할 수가 없었어."

삼례댁의 두 눈이 휘둥그레졌다.

"자기 젖값 다 받고 죽으려고 했던 사람이었어. 충분히 받았을 거야, 그 젖값. 그래도 명절날에 죽었으니 따로 제사 지낼 필요도 없고 딱 된 게야."

삼례댁은 아무런 말도 못하고 가쁜 숨만 몰아쉬었다.

"어느 날 정신이 들 때 이런 말을 하더군. 세 아이들 모두 훌륭하게 키워준 당신에게 감사하고 미안하다는 말을 꼭 전해 주라더군. 이 미련한 사람아, 좀 일찍 왔더라면 자네가 직접 들었을 게야. 그랬으면 더 좋지 않아?"

남편은 아무렇지도 않은 듯 말했다.

내심 이런 순간이 오길 얼마나 바라왔던가. 안도의 한숨과 새로운 희망과 용기가 솟아나야 할 텐데도, 삼례댁은 정반대로 흘러내리는 눈물을 소맷자락으로 훔쳤다. 청송댁의 인생이 가련해서인지, 자신의 인생이 가련해서인지도 모를 서러움이 북받쳐 올라왔다.

"아이들에게는 알리지 않는 게 좋겠어. 묘만 세우면 되는 게야."

영감이 야윈 손으로 삼례댁의 도톰한 손을 잡는데도 뿌리치지 못하고 가만히 내버려 두었다. 할 수만 있다면……. 하늘만이 알고 있어야 할 비밀스런 이야기……. 전쟁통에 겪었던 일을 다 말해 버릴 수만 있다면……. 삼례댁은 자신을 보고 당당하다는 남편의 말이 비수처럼 가슴에 꽂히는 것을 느끼며 입술을 꼭 깨물고는 도리질을 했다. 가슴에 통증이 느껴져 삼례댁은 손으로 가슴을 쓸어내렸다.

"당신은 보통 사람과는 확실히 달라. 이 세상 사람이 아닌

꼭 천사 같아. 협심증 환자에게 흥분하는 일은 금물이야."

괴로워하는 삼례댁을 보다 못한 남편이 곁으로 다가와 그녀를 꼭 보듬어 주었다. 그리고는 등까지 토닥거려 주었다.

꺼이꺼이 울음을 삼키면서 삼례댁은 물안개를 걷어 내려는 시늉처럼 끊임없이 손사래를 쳤다.

바람, 바람,
코로나19

오동나무 반닫이

"하 참! 이상한 일도 다 있네. 도대체 열쇠가 어디 있담?"

어머님이 안방에 놓인 오동나무 반닫이 열쇠를 부산스럽게 찾는 일은 한두 번 있어온 일이 아닌데도, 그날따라 유난스러워 보였다. 2층에서 내려와 거실에서 딱 마주친 며느리는 "무슨 열쇠를 찾으셔요?" 하며 짐짓 관심을 내보였다.

"안방 반닫이 열쇠 말이다."

며느리는 어정쩡한 표정으로 "아버님은 산책 나가셨어요?" 라고 물었지만, 하나 마나 한 질문임을 이내 깨달았다. 어머님은 고개를 끄덕였다.

며느리는 어느새 노부부의 안방으로 들어간다. 어머님도 따라 들어왔다. 며느리는 방구석에 놓인 아담한 반닫이를 손으로 쓰다듬어본다. 아래 위를 이등분하여 경첩을 달아 위쪽

문을 여닫을 수 있게 만든 궤짝은, 22년 전에 돌아가신 시어머님의 유일한 유품이다. 시어머님께서 시집올 때 가지고 오셨던, 고풍스러운 오동나무 반닫이에는 세월의 흔적이 역력하게 남아 있다.

"이 영감이 어디에다 꽁꽁 감추어두었는지 도통 알 수가 없어."

볼멘 목소리로 중얼거리는 어머님은 아버님과 2년 전에 재혼했다.

재혼 당시 일흔두 살의 노신랑 손태수, 예순아홉의 노신부 박영옥은 혼인신고는 하지 않고 살기로 했다. 또한 노부부는 죽은 다음에는 본처, 본남편 무덤 곁에 각각 묻히기로 합의도 했다. 두 사람은 오래 전부터 한 동네에서 아는 사이였다고 한다. 노신부의 전남편이 심장마비로 세상을 떠나자, 그 이듬해에 지금의 노신랑과 결합을 했던 것이다.

반닫이 열쇠를 내놓지 않는 아버님, 한사코 열어보고 싶어하는 어머님, 그 사이에 며느리인 자신이 있음을 서주희는 깨닫는다.

미용실 〈나빌레라〉

아담한 주택에 살고 있는 서주희는 서른 중반의 미용사다.

1층에는 시부모님이 살고, 2층에는 자신들 부부와 외동딸 지아가 산다. 그리고 옥상에는 옥탑방이 있다. 사춘기에 접어든 딸은 올해 중학교 신입생이다. 애초에 3월 2일 월요일로 입학식이 예정되었지만, 코로나19 확산 방지를 위한 교육부의 조치로, '2020학년도 개학 및 신입생 입학'은 4월로 연기되었다. 지아는 학교에 가는 대신 옥탑방에서 그림을 그리며 시간을 보내고 있다.

서주희는 집 근처에 있는 아파트 상가 1층에 월세를 얻어 미용실을 차린 지 10년이 훌쩍 넘었다. 그녀의 미용실 이름은 〈나빌레라〉이다.

미용실 영업등 스위치를 켰다. 사인볼은 빙글빙글 돌아가기 시작했고, 그녀는 미용실 구석구석을 깨끗하게 닦았다. 손 소독제도 확인했다. COVID19가 발생했어도, 손님들은 꾸준히 미용실을 찾아온다. 남녀노소를 만날 수 있는 이 공간을 살뜰한 마음으로 살폈다.

그녀는 스무 살부터 미용기술을 익혔다. 미용실을 차리기 이전에는 꽤 이름난 헤어 디자이너가 운영하는 미용실에서 솜씨를 인정받았다. 그녀는 자신만의 미용실을 갖는 게 꿈이었다. 비록 월세이긴 하지만, 꿈이 이루어진 셈이다.

문자메시지 알림이 울렸다. 핸드폰을 확인한 그녀는 소스라치게 놀랐다. 이 동네에 첫 확진자가 발생했다는 소식이었다.

"어머나! 바로 우리 상가 2층이네!"

그녀는 2층에 살림집이 있는 줄도 몰랐다. 아무런 간판이 없어서 비어 있는 줄로만 알았다.

아침부터 관리인은 근심스러운 표정으로 아파트를 순찰했고, 방역하는 사람들은 소독을 하러 다녔다. 몇몇 공무원들은 상가 주변을 살피러 다녔다. 모두 마스크를 끼고 있었다. 어느새 마스크 쓰기, 사회적 거리 두기, 손 씻기, 기침할 때는 팔로 가리기, 환기 자주하기 같은 예방 수칙이 일상이 되어가고 있었다.

"2층 아줌마, 괜찮대요?"

그녀는 관리인에게 물어봤다.

"병원에 있대요. 뉴스 보면 다 나와요."

관리인은 건조하게 대답했다. 그게 좀 미안했는지 "50대 부인이래요. 신천지 사람이래요"라고 덧붙였다.

그녀는 핸드폰에서 확진자의 동선을 살펴보았다. 확진자가 들렀던 약국은 다른 동네 약국이었다. 이 동네 약국이 아니어서 다행이었다. 이 동네에 하나뿐인 약국에서 KF94 마스크를 사려면, 길게 줄을 서야만 했다.

자신이 살고 있는 동네에서 첫 확진자가 발생했다는 뉴스가 벌써 텔레비전에서 보도되고 있었다. 핸드폰이 울렸다. 석 달 전에 인천으로 이사 간 단골손님한테서 온 전화였다. 그는 사십 대 중반의 목사였다.

"어머, 목사님이시군요! 어떻게 가게 전화번호를 아시고 전화하셨어요?"

"방금 전에, 미장원 간판이 텔레비전 뉴스에 나오더군요."

"어마! 이런 일도 다 있네요!" 반가웠다.

"괜찮으신가요?"라는 그의 물음에 "네, 괜찮아요"라고 대답했다.

"다행입니다"라며, 목사는 늘 그랬듯 예의바르고 정중한 목소리로 말했다.

"고맙습니다. 사모님께서도 잘 계시지요?"

"네. 우리 집사람도 잘 있습니다."

"아이들도요?"

"네, 모두 잘 지냅니다."

딸 하나, 아들 둘, 사모. 동글동글한 얼굴들이 떠올랐다. 다른 손님이 없을 때, 남편과 어떻게 만나 결혼하게 됐는지를 이야기하면서 분홍빛 얼굴로 물들어갔던 사모의 단아한 모습까지.

서주희는 성직자라는 사실을 알고 난 뒤부터, 그가 조심스러웠다. 그는 차례를 기다리는 시간에도 섣부른 농담 한마디 한 적이 없었다. 그녀가 "목사님이시라고요?" 하며 아는 척하자, 그는 웃으며 "네. 우리 집사람이 말했겠죠?"라며 되물었다.

"네. 사모님은 목사님이 참 좋은 분이라고 칭찬하셨어요" 라고 말하자, 그는 정색을 하며 "아닙니다. 저는 급하고 불같은 성격입니다. 집사람이 힘들어하는 부분이지만, 잘 견뎌주어서 우린 부부싸움을 좀처럼 하지 않습니다"라고 말했다.

그의 솔직한 태도에 믿음이 갔다. 사모의 말에 의하면, 남편은 온유한 사람이라는 거다. 하지만 그는 자신을 두고 "노력하지만 쉽지 않습니다. 사실 온유하다는 말은 마냥 부드럽다는 뜻이 아닙니다. 희 · 노 · 애 · 락 · 애 · 오 · 욕. 인간의 일곱 가지 감정을 잘 다스리고 잘 드러낼 줄 아는, 쉽지 않은 능력이지요"라고 했다. 그가 인상 깊었던 것은, 자신을 감추려 하지 않았기 때문이었다.

"저는 화를 잘 내요. 사실 분노는 사람이 가장 쉽게 자신을 나타내는 감정입니다. 저는 거룩한 분노라고 애써 합리화해도, 실은 제 성질을 부리는 때가 더 많았죠. 그래서 아내를 잘 울립니다만…… 툭하면 잘 우는 집사람이 저 같은 인간을 세워주는 덕분에 저는 괜찮은 목사가 됩니다. 다만 분명한 것은, 침묵만 해서는 세상은 변하지 않는다는 사실입니다. 자기 성찰과 거듭된 훈련을 통해 분노의 감정을 적절하게 표현하고 타인과 소통하면서 살고 싶습니다."

그의 말에는 단단한 힘이 있었다. 그래서였을까. 서주희는 "결혼생활 20년 동안, 우리 부부는 그렇게 살지 못했어요"라며 속말을 털어놓고 말았다. 남에게 속마음을 좀처럼 내보이는 일이 없는 그녀가 어쩌자고 그 많은 말을 그에게 쏟아냈을까. 지금 생각해도, 그 시간은 특별했다.

"우리는 밍밍하게 살아요. 뚜렷한 목표도 없어요. 우린 종교도 없는걸요."

그녀의 말은 그가 하는 말과 엇박자로 나갔으나, 마음은 잘 통했다.

"저희는 목표가 거룩함입니다. 나름대로 노력해보지만, 잘 안 돼요. 온전한 거룩함은 정말 힘들어요. 그렇지 않다고 한다면 타고난 성자의 성품이거나 위선자, 둘 중 하나일 겁니다. 그런데 바깥 선생님 자랑이 듣고 싶군요."

"우리 그이요? 그래도 소년 같은 낭만이 있어요. 지금도 조지훈 시인의 「승무」를 줄줄 외운답니다."

“흐음…… 그래서 미용실 이름이 〈나빌레라〉군요.”

오류를 찾아내는 연구원, 혹은 범죄 예방이나 적발에 투입되는 형사처럼 목사의 눈빛은 예리하게 반짝거렸다.

청록파 시인 조지훈의 시 「승무」에 나오는 시어들이 아름답다고 하는 남편 손현우. 그녀는 남편이 특히 좋아하는 시의 일부분을 조용히 읊조렸다.

“까만 눈동자 살포시 들어/ 먼 하늘 한 개 별빛에 모두 오고// 복사꽃 고운 뺨에 아롱질 듯 두 방울이야/ 세사에 시달려도 번뇌를 별빛이라.”

그는 눈을 감고 가만히 듣고 있었다. 그녀는 가위질을 하면서 “우린 서점에서 처음으로 만났어요”라며 운을 뗐다.

“서점에서 책을 사고 나오는데, 소나기가 세차게 쏟아졌어요. 버스 정류소로 얼른 뛰어가 비를 피하며 좀처럼 오지 않는 버스를 기다리고 있었죠. ‘책을 좋아하는 분 같네요.’ 그이가 그렇게 더듬더듬 말을 붙여왔어요. 그러고 보니, 서점 계산대 바로 내 앞에 서 있던 키 큰 남자였어요. ‘커피 한잔 어때요?’라고 말을 건네는 그이를 따라 카페에 갔던 게 교제의 시작이었어요.”

그렇게 시작된 만남이었다. 그가 감명 깊게 읽었노라고 내민 책은 에밀 아자르의 소설 『자기 앞의 생』이었다. 유태인 양어머니 로자 부인을 잃은 모모의 슬픔이 와닿아서 많이 울었노라고, 그가 말했었다. 그녀는 문득 외동인 그에게 누이 같은 연인이 되고 싶다는, 실낱같은 마음을 품었다. 그 마음 따라 결혼에 이르렀고, 신혼 때부터 오래 전 혼자가 된 시아버님과 함께 살았다. 그 사연은 약간 우울하다. 그녀는 애써 쾌활한 척 활짝 웃어 보였다. 그녀 스스로 생각해도, 가면이라고 여길 만큼.

"재미있는 이야기군요. 우리 집사람도 책을 무척 좋아합니다. 저는 그걸 알고, 집사람이 오는 길목에 앉아 일부러 책을 읽는 시늉을 했던 사람입니다."

목사 부부 그들은 캠퍼스 커플이라고 했다. 평소 먼발치에서 연모하던 여학생이 미술대학 강의동에서 인문대학 강의동으로 교양수업을 들으러 오는 시간을 알아내고서, 그 길목 잔디밭에 앉아 일부러 책을 보는 척했던 남학생이 자신이라고 말했다. 그 모습을 상상하니, 그녀는 웃음이 쿡쿡 났다.

"목사님도 퍽 재미있는 분이시네요."

"그런가요? 그런데 여기에는 좋은 책이 많군요."

"어머나! 책을 알아보시네요."

그녀는 허리 높이만 한 책장에 선별도서들을 정갈하게 꽂아두었다. 책을 귀하게 여기는 손님이 진가를 알아보면, 그 손님은 미용비 할인대상이 된다. 100퍼센트, 50퍼센트, 30퍼센트……. 시어의 아름다움에 반응이 있는 손님에게 그날의 미용비는 반값이다. 폐지를 모으러 다니는 노인 손님은 100퍼센트 할인고객이다. 그건, 미용실 〈나빌레라〉식 특별할인 계산법이다.

그런데 그녀는 그가 성직자이므로 이런 질문을 던졌다.

“목사님, 정말 하나님이 계신가요?”

“그렇습니다. 하나님은 존재하시고, 지금도 살아 계십니다.”

“그런데, 왜 믿는다고 하면서 종교인들은 죄를 그렇게 많이 지을까요? 사실 그런 종교인들을 보노라면 종교를 갖고 싶은 생각이 들지 않아요.”

“그건 누구나 가질 법한 생각이고 의문일 겁니다. 사실 종교인과 신앙인은 다릅니다. 사람은 그러할지라도, 하나님은 살아 계십니다.”

그는 말을 계속 이어나갔다.

“종교인들이 신의 이름을 빙자하여 무리를 지어 악을 행할 때는 반드시 하나님이 개입하게 되어 있습니다. 세계 역사를 보면 알 수 있지요. 하나님의 영광을 위하여, 스스로 존재하시는 하나님께서 일하시는, 역사적인 사건이 반드시 있어 왔습니다. 또한 악한 생각이 지배적일 때, 그 악한 패거리들이 득세하게 되는 그 정점에는 반드시 하나님의 개입이 있습니다. 두고 보십시오. 조만간 그런 사건을 신앙인이든 종교인이든, 전 세계인들은 반드시 보고, 겪게 될 것입니다. 하나님은 악한 패거리들이 더 이상 악함을 행하지 못하도록, 하나님의 방법으로 뿔뿔이 흩어지게 할 것입니다. 그리고 하나님께서는 하나님의 마음에 드는 사람들과 함께 정의를 위해 모든 분야의 개혁을 진두지휘하실 겁니다. 그 일은 반드시 이루어질 것입니다."

그는 인간적인 성직자였다. 거룩한 척하지 않고, 저렇게 솔직해도 되나? 은근히 걱정했던 사람이었다. 그런데 그 목사님이 비장한 얼굴로 말했던, 신의 방법이나 그 사건이 바로 코로나19는 아닐까?

우아한 바람

고단한 하루였다. 영업등의 스위치를 껐다. 사인볼은 멈추었다. 바닥에 수북이 쌓인 머리카락을 쓸어 담고, 밀대로 바닥청소를 하고, 세면대를 닦고, 탁자도 닦고, 책도 정리했다. 그녀는 핸드백을 열었다. 어머님이 그렇게 찾고 있는 반닫이 열쇠가 얌전하게 들어 있다.

"으휴, 이 열쇠가 뭐라고……."

그녀는 열쇠를 물끄러미 내려다보며 한숨을 푹 내쉬었다.

일주일 전, 지아가 아빠한테 "할머니가 자꾸만 반닫이 열쇠 봤냐고 물어봐서 진짜 짜증나"라고 말했다. 바로 그날, 남편은 "당신 판단에 맡기겠어. 당신이 해결사가 되어주면 좋겠어"라며 그녀에게 반닫이 열쇠를 건넸다. 물고기 모양 자물통 꼬리에 집어넣으면 딱 알맞은, 길쭉한 쇠붙이였다.

"나더러 해결사 노릇하라고 하는 거예요?" 하고 되물었다. 그녀는 정말 자신 없었다. 남편은 고개를 끄덕였다.

"아버지와 난, 그런 일에 서툰 것 잘 알잖아. 이건, 반칙 아냐? 벌써 2년째라고. 열쇠 찾는다고 집 안을 샅샅이 뒤진지……."

양미간을 잔뜩 찌푸린 남편의 관자놀이 주위로 핏줄이 불끈 솟아올랐다. 그이는 한숨을 "후욱" 내쉬면서 "22년 전에 이미 고인이 된 사람의 유품에다 감히 손을 대고 싶어 하는 그 심보가 도대체 싫어!"라고 내뱉듯 말했다. 좀처럼 그 일에 대해서 이러쿵저러쿵 입을 떼지 않던 남편이 처음으로 분노를 터트렸던 날이었다.

그녀의 손안에 있는 이 열쇠는 아버님이 남편에게 건네준 것을, 남편이 그녀에게 준 것이다.

남편은 열일곱 살에 엄마를 여의고, 아버지와 단둘이 살면서 밥을 짓고 반찬도 만들고 빨래를 하고 청소도 하면서 살았다. 스물세 살에 결혼한 그녀는 남편 현우의 효심을 존중해 주고 싶었기에, 신혼부터 지금까지 아버님과 함께 살고 있는 것이었다.

서주희, 그녀 역시 결손가정에서 자랐다. 아홉 살 때 아버지가 병으로 돌아가셨고, 생활력이 강한 엄마는 식당을 하면서 세 남매를 키워냈다. 여덟 살 위인 오빠, 네 살 위인 언니, 그리고 막내인 자신이다.

고등학교를 졸업하고 배우기 시작한 미용기술이었다. 미용사는 현금을 손쉽게 만지는 직업이다. 엄마, 오빠, 언니에게 용돈을 주면, 그들은 좋아했다. 좋아하는 그들을 보노라면, 기뻤다. 그래서 자꾸만 주었다. 이젠 조카들까지 그녀를 용돈 주는 사람으로 여긴다. 그녀는 맏이 같은 막내였다. 그랬어도 흡족했다.

철부지 딸 지아는 눈을 흘기곤 했다. “내 친구들은 외할머니, 외삼촌, 이모한테서 용돈을 많이 받는대. 난 뭐야? 엄마는 고아야? 만날 주기만 하는 바보야?”라고 했다.

“그런 말 하는 거 아냐. 받는 것보다 주는 게 낫다”라고 하면, “흥! 엄만 바보야!”라며 어린 딸은 야무지게 말대꾸를 했다.

딸이 어렸을 때는 도무지 손해 보지 않겠다는 딸의 단호한 태도에 기가 죽었다. 하지만 최근엔 스스로 태도를 바꾸기로 했다. 딸은 사춘기에 접어들자, 잠도 많아지고 감정의 기복이 들쭉날쭉했다. 자신의 말이 통하지 않는다고 생각되면 이불을 뒤집어쓰고 드러눕기도 하고, 제 방문에다 〈출입금지〉 팻말을 붙이기도 했다.

어떻게 성숙한 엄마가 되는지, 그 길이 책에 있었다. 그녀는 책이 제시하는 길을 따라가고 있다. 병아리에서 닭이 되어가는 중간 지점, 중닭 같은 어중간한 모습의 딸을 있는 존재 그대로 받아들여주고, 말없이 안아주며 토닥거려주곤 한다.

'내가 딸에게 롤 모델이 될 수 있을까?'

늘 식당일에 바빴던 엄마는 그녀가 닮고 싶은 엄마의 모습이 아니었다. 일가친척들은 생활력이 강한 엄마를 똑순이라고 했다. 그녀는 똑순이가 되기 싫었다. 그런데 어느새 미용사가 되어 남들이 보기엔 엄마 같은 똑순이가 되어 있었다. 그러니까 지아의 롤 모델이 될 자신은 없다. 하지만 사춘기 딸에게 엄마로서 롤 모델이 되고 싶다는, 그런 바람은 늘 가슴 속에 품고 있다.

"엄마는 돈 많이 번다. 자꾸만 써도 자꾸만 들어온다. 네가 원하는 것 사줄 수 있을 만큼"이라고 딸을 안심시키기도 했다. 지아는 어느 사이, 맞벌이 부모를 둔 아이답게 애어른이 된 걸까? 요즘 학교에 가지 못하는 딸은 옥탑방에서 대자연을 그리는 재미에 흠뻑 빠져 살고 있다.

이른 봄부터 지아는 집과 가까운 들판으로 나가, 지천에 피어 있는 봄꽃을 핸드폰 카메라에 담아 그 자연을 섬세하게 그렸다. 그림은 훌륭했다. 지아는 액자에 그림을 넣어서 층계 벽에도 붙이고, 거실에도 붙였다. 집 안은 지아가 그린 봄꽃으로 환했다.

어머님도 들판에서 캐온 봄나물로 쑥국, 쑥털털이, 냉이무침, 달래무침을 했고, 고들빼기김치도 담갔다.

늦은 저녁 시간의 집은 평온하고 고요하다. 아직도 미역국 냄새가 미미하게 배어 있다.

'이 열쇠가 언제 발견될지 모르겠지만, 한 번은 겪어야 할 일이다.'

서주희는 현관에서 신발을 벗으며 그렇게 생각했다. 그녀는 핸드백에서 열쇠를 꺼냈다. 그리고 현관 신발장 위 공기 정화용 숯 세 개를 담아놓은 투명 유리그릇 안에 가만히 집어넣었다.

문득, 그녀는 우아한 바람의 존재가 만이 같은 막내, 누이 같은 아내가 되고 싶다는 생각을 품기 아주 오래 전부터 자신과 함께 살지는 않았을까? 하는 생각에 고개를 갸웃거렸다. 우아한 바람이라니! 그 존재를 인식조차 하지 못했었는데……. 부디, 이 가정에 평화가 임하소서!

지금은 작전타임

반닫이 열쇠는 어머님 눈에 좀처럼 발견되지 않았고, 코로나19 치료제가 올해 안으로 개발되기는 어렵다는 우울한 뉴스를 들었다. 언론이나 유튜브에서 전하는 내용이 진짜냐, 거짓이냐를 두고 논쟁은 늘 벌어지고 있었다. 그 문제는 어제 오늘의 일이 아니어서, 한 정당의 기관지 노릇을 하는 언론에 대한 신뢰도는 형편없이 떨어진 지 오래되었다. 또한 타인과 소통하는 일에 무능력한 정치인들의 일방적인 주장이 대다수 국민들을 피곤하게 했다.

약국 앞에는 여전히 KF94 마스크를 사려는 주민들이 날마다 길게 줄을 섰고, 대구에 있는 종합병원에 근무하고 있는 간호사 친구는 음압병동에 배치되어 고단한 근무를 계속하고 있다고 호소했다.

한편, N번방 사건으로 나라가 들썩거렸다. 텔레그램 같은 메신저 앱을 통해 미성년 소녀들과 젊은 여성을 촬영한 성착취 영상물을 제작하고 배포한 청년들이 줄줄이 구속되었다. N번방의 서버 이용자가 무려 30만 명이나 된다고 하니,

놀라운 일이다. 한국의 이미지가 성 범죄 조직 때문에 깎여 버린 듯했다.

나라 안팎 구석구석에 꼭꼭 숨어 있던 다양한 형태의 죄들이 그 민낯을 천지에 적나라하게 드러내고 있다. 우울하고 뒤숭숭한 나날이 이어지고 있었다.

4월 15일 수요일, 제21대 국회의원 선거 날이었다. 손현우는 아내와 함께 투표소로 갔다. 마스크를 꼈고, 투표요원이 나누어주는 비닐장갑을 끼고, 본인 확인을 하고, 그리고 투표를 했다. 투표를 하면서, 그는 자신이 어떤 가장이 되어야 할지 얼핏 그 해답을 얻은 듯했다.

사회적 거리 두기, 손 씻기, 침방울 튀지 않기, 기침할 때 팔로 가리기, 신체 접촉하지 않기, 자주 환기하기, 밀폐된 장소 가지 않기 같은 생활 수칙들…….

신께서 한 수를 놓은 것일까? 이건, 작전 타임이다. 조금 떨어져 살기. 서로 사이를 두고 살기 위한 수칙은 전염병에만 국한되지 않는다. 늘 그렇게 살았던 삶이지 않은가? 하지만 아내는 살가운 관계를 늘 요구해오지 않았던가? 지금보다 낭만적인 삶을 꿈꾸는 아내의 요구는 타당한 것이다. 결혼생활의 밍밍함에서 벗어나고 싶지만, 현우는 좀처럼 유쾌한 마음 상태가 되지 않는다. 그 모든 원인은, 삶에 무덤

덤하기만 한 자신에게 있는 것 같다. 아버지 같은 아들, 맏이 같은 막내가 만나 낭만적인 결혼생활이 가능할지 모르겠다. 잘 살아내야 한다는 마음을 먹을 때마다, 더욱 긴장하게 되는 자신을 어찌해볼 수 없다며 현우는 도리질을 한다. COVID19에도 담담하게 살아낼 수 있는 건, 바로 자신들이 삶에서 늘 거리두기를 해온 덕분이지 않을까.

투표를 마치고, 카페에서 테이크아웃 커피를 한 잔씩 들고 나왔다. 아내는 따뜻한 아메리카노, 자신은 아이스 아메리카노. 사람이 각각 다르듯, 입맛도 제각각이다. 하물며 가정마다 있어야 할 규칙이라든가, 규범도 다 다를 것이리라. 유년시절에 보고 배웠어야 할 건강한 아버지의 존재가 자신에게는 없었다. 지아에게는 든든한 아버지가 되고 싶다. 늦지 않았다. 지금부터라도 아내와 함께 노력하면 잘할 수 있으리라.

마침 작은 공원이 보였다. 둘은 공원의 나무의자에 나란히 앉았다. 초록 나뭇잎이 작은 바람에도 살랑거렸다. 잎 사이로 햇살이 비집고 들어와 황금 빛줄기를 쏟아붓고 있다. 인생은 그 자체가 선물이다. 무제한 공급되는 물, 빛, 공기같이. 공원의 고즈넉한 공기가 파장을 일으키며 부부를 부드럽게 어루만져 주었다.

그날 총선의 결과는 180석과 103석이라는, 거대 여당의 압도적인 승리였다.

잔인한 질투

노파는 반닫이 열쇠를 오른손에 움켜쥔 채, 며느리 앞에 서 있다. 며느리는 미장원으로 출근하려던 참이었다. 며느리는 노파의 눈에서 파란 인광이 뿜어져 나오는 걸 보고 있다. 노파는 마침내 열쇠를 발견했던 것이다. 노파는 현관 신발장 위 공기정화용 숯을 담은 유리그릇을 왼쪽 집게손가락으로 가리키며 말했다.

“이게 여기에 있더라. 내 눈이 어두워서 그동안 못 봤던 게다.”

노파는 앞장서서 안방으로 들어갔다. 영감은 산책 나가고 없었다. 반닫이 앞에 노파와 며느리가 나란히 앉았다. 며느리는 노파가 제 빛을 잃은 지 오래된, 누렇고 기다란 쇠붙이를 잉어 모양의 자물통 꼬리에 집어넣는 것을 물끄러미 지켜보았다. 열쇠는 간단하게 풀렸다.

“여기에 뭐가 있다고…….”

말끝을 흐리면서 반닫이 안을 이리저리 살피던 노파는 분홍색 보퉁이 하나를 집어 올리며, "이것 하나만 달랑 있네"라고 말했다. 작은 보따리가 밖으로 나오자, 텅 빈 반닫이는 숯 같은 검은 속을 내보였다. 보자기를 풀고 있는 노파의 손이 가늘게 떨리고 있다. 노랑 저고리와 다홍치마 한 벌이 다였다. 하지만 노랑 저고리 품 안에는 젊은 여인의 사진 한 장이 고이 들어 있었다.

며느리는 한 번도 본 적이 없는 시어머니와 사진으로 비로소 조우한다. 어머님의 젊은 얼굴이 수줍게 웃고 있다. 온화한 인상이다. 남편으로부터 말로 전해 들었던 분이다. 인정 많고, 음식 솜씨며 바느질 솜씨가 뛰어났던 분. 시청 공무원으로 일하는 남편의 발을 저녁마다 씻겨주던 분. 그 어느 해였다고 했지…… 광풍처럼 휩쓴 남편의 늦바람 때문에 속앓이를 심하게 했던 분. 우울증을 앓았던 분. 그러다가 뇌졸중으로 쓰러진 분. 투병 3년 만에 열일곱 살 난 외동아들을 두고 눈도 감지 못한 채 하늘나라로 가신 분이다. 바로 그분이 사진 속에서 며느리를 조용히 올려다보고 있다.

어머님. 며느리는 가슴으로 그분을 불러본다.

충분히 예견된 일이었음에도 불구하고, 노파는 망자의 유품을 보고 얼굴이 파랗게 질렸다.

"아이고. 이 영감쟁이. 내게는 반닫이 열어볼 생각일랑 하지 말라고 해놓고선! 이게 있었구나! 내가 헛살고 있구나!"

노파는 가슴을 쳤다. 망자도 질투의 대상이 된다. 황망한 상황이다. 며느리는 슬그머니 일어나 집 밖으로 나왔다. 갈 곳은 〈나빌레라〉, 그녀의 미용실이다.

햇살이 좋은 날이다. 춥지도 덥지도 않은 날이다. 그녀는 맑은 하늘을 올려다보았다. 오늘 하루쯤은 일을 안 하고 싶다고 생각했다. 그녀는 흰색 모닝에 시동을 걸고 남편의 회사 방향으로 차를 몰았다. 목적지는 도시의 외곽에 있는, 자동차 부품을 생산하는 중소기업체다.

사원들은 근무 중인 시간이라 회사는 조용했다. 회사 앞에 조그마한 북카페가 보였다. 손님은 마스크를 쓰고 들어선 그녀뿐, 카페 안도 조용했다. 그녀는 남편과 가까운 거리에 있다는 생각에, 마음이 차츰 편안해진다. 그녀는 커피를 마시면서 글밥이 적은 시집을 골라 곱씹듯 읽었다. 그림책도 꺼내 읽었다. 그림책 한 권 보는 게 미술관 한 섹션을 둘러보는 듯했다. 책은 위로가 된다. 뿌옇던 마음의 유리창이 투명하게 닦여지고 있었다.

어느새 점심시간이 다가오고 있었다. 핸드폰의 숫자판을 꾹꾹 눌렀다. 몇 번의 신호음 끝에 남편이 받았다.

"어디야?"라고 묻는 남편의 목소리를 들으니 목이 메어 와서 "음, 음……." 하며, 목소리를 가다듬어야만 했다.

"회사 앞 북카페에 있어요. 아까 반단이 안에 들어 있는 어머님 유품을 보았어요. 어머님이 열쇠를 찾아냈거든요."

"알았어. 그리로 갈게."

잠시 뒤에 나타난 남편은 "외근 신청하고 나왔어"라고 했다. 그는 앞장서서 뚜걱뚜걱 걸어갔다.

남편은 구불구불한 해안도로를 운전했다. 바닷가를 지나서, 산길로 접어들었다. 눈에 익은 장소가 나왔다. 아! 여기! 산새가 지저귀고, 풀벌레가 울고, 나뭇잎이 한들거리고, 산딸기며 뱀딸기를 볼 수 있는 곳. 치자꽃 향기가 진하게 풍기는 산중턱에는 시어머님 산소가 있다.

야트막한 산을 오를 때에는 푸석푸석한 황토가 굽 낮은 구두 아래에서 부슬부슬 흘러내렸다. 남편이 손을 내밀어주었다. 그녀는 남편의 두툼한 손을 꼭 잡았다.

시어머님의 산소에는 잡초가 무성하게 자라 있었다. 꿩 울음소리가 아늑하게 들려왔다. 산중턱에서도 저 멀리 바다가 보였고, 유조선 몇 척이 바다에 떠 있었다. 둘은 나란히 앉아 먼 바다를 보았다.

"더는 견딜 수 없었어."

남편 관자놀이 주위의 굵은 핏줄이 선명하게 일어선다.

"엄마한테서 내 아버지를 빼앗아간 아주머니. 엄마의 마음을 가장 아프게 한 그 아줌마……."

남편은 말을 맺지 못했다. 그녀는 시어머니의 봉분을 쓰다듬으며, 남편의 눈 주위가 불그스름하게 물들어가는 모습을 지켜보고 있었다. 어머님을 가슴앓이하게 한 그 연적, 평화롭던 가정에 느닷없이 끼어든 침입자가 바로 노파였다니……. 그동안 자신과 딸 지아만 모르고 지냈던 사실인 거다.

왜 진즉 말하지 않았어요?라고 묻지 않았다. 여기까지 와야만 들을 수 있는 마음 아픈 이야기였다. 아픈 이야기일수록, 깊은 동굴 속에 꼭꼭 숨어 있는 거다.

그날 늦은 오후, 1층 노부부의 안방에 있던 오동나무 반닫이는 2층 아들네 방으로 옮겨졌다. 진즉 그랬어야 했던 반닫이였다. 노인은 중년의 아들에게 미안해서 깨끗한 앞마당을 자꾸 쓸었다.

윤사월에 부활하다

봄이 한 달 더 있다는 윤사월이다. 누군가 4월은 잠깐 사이에 구멍 난 주머니에서 빠져나가는 달이라고 했다. 정말

빠르게 지나간 4월이었다. 봄날은 가고 있었다. 코로나19 확진자 동선은 콜센터, 물류센터, 이태원 클럽에 이어, 방문판매업체, 교회, 뷔페, 음식점으로 이어졌고, 지금은 2차 유행 중이라는 불안한 소식을 접한다.

코로나19는 전 세계에 많은 희생자를 내고 있었다. 미국, 브라질, 스페인, 인도…… 상황은 심각하다. 한국이 코로나19에 대처하는 방식이 세계에서 본보기가 된다니 다행한 일이지만, 늘 조심하고 긴장해야 한다. 방심해서는 안 된다.

강한 전파력을 지닌 코로나19가 전 세계로 번져나가는 동안, 인간의 잔혹함과 어두운 곳에서 행해지는 악함은 적나라하게 드러났다.

미국 미네소타주 최대도시 미니애폴리스에서는 경찰의 과잉 진압으로 비무장 상태의 흑인남성 조지 플로이드가 사망했다. 이 사건으로 인종차별에 항거하는 대규모 시위가 미국 전역으로 확산되었다. 지구 반대편 그곳에서는 과거 노예상인을 했던 사람의 동상이 무너져 내렸다.

부조리와 불평등은 코로나19로 인한 사망자 숫자로도 드러났다. 코로나19로 숨진 흑인과 히스패닉 사람들이 백인보다 많았다. 터무니없는 존경의 대상은 가차 없이 폭로되었다. 불평등의 역사는 종지부를 찍을 것인가? 국내에서는 아홉 살 여자아이가 부모의 학대를 견디지 못해 죽음을 각오

하고 탈출했다. 엄마는 친모, 아빠는 계부였다. 부모의 잔혹함이 경악스러웠다. 이 죄를 모조리 폭로하는 거대한 광풍의 위력은 사람의 힘에서 나온 것이라고 할 수 없다. 신이 일으키는 광풍임에 틀림없다. 전 세계는 아주 오래 전부터 정의와 공평을 갈망하고 있지 않았던가.

코로나19는 미용사 서준희 가족의 삶도 바꾸어놓았다. 코로나19를 광풍에 비한다면, 그들 부부에게 찾아온 바람은 우아한 바람이 아닐 수 없다. 눈에는 보이지 않지만, 부드럽게 부는 바람. 그 우아한 바람이 한 가족의 밍밍한 삶을 낭만적인 일상으로 조용하게 바꿔놓고 있었다. 2층에서는 간간이 맑은 웃음소리가 터져 나왔다. 부부를 억눌러왔던 짐이 벗겨진 듯, 두 사람은 자유로움을 느꼈다.

지아는 오랜만에 친구들을 만나는 학교생활을 즐거워했다. 하교를 하면, 지아는 옥탑방에서 여전히 그림을 그린다.

1층 노부부는 마스크를 끼고 산책을 자주 나간다. 아버님은 틈틈이 집안 손질도 했다. 벽에서 떨어져 나간 지 오래된 못 자국을 보고서 새 못을 박았다. 김치 국물이 튄 실크벽지를 보면 부드러운 스펀지에 물을 묻혀 닦아내기도 했다. 광에 있던 식물영양제를 꺼내 화분마다 꽂아두었다.

하지만, 노부부는 이전과는 달리 확연하게 말수가 줄어들었다.

대자연은 여전히 광풍 같은 코로나19의 영향을 전혀 받지 않는다. 수선화는 지고, 밤꽃이 피어났다. 어머님의 유품도 2층에서 봄꽃처럼 화사하게 부활했다. 서주희는 반닫이에서 망자의 노랑저고리와 다홍치마를 꺼내, 바람이 잘 통하는 2층 베란다에서 말렸다. 망자와 외아들의 회한은 환한 빛 아래 쪼그라든 채, 우아한 바람 한 줄기의 등에 올라타고서 저 아득하게 먼 우주에서 흔적조차 없이 사라져 버릴 것이다.

밍밍한 삶에서 벗어나고 싶어 하던 부부의 마음을 대자연은 일찌감치 짐작했던 게다. 2020년 봄에 핀 금계국의 향기는 그래서 유난히 진했던 거다. 수레국화, 양귀비, 안개꽃, 치자꽃, 수선화, 붓꽃, 수수한 유채꽃마저 얼마나 화려한 색깔을 뽐냈던가. 아카시아, 그 달콤한 향기마저 온 세상으로 멀리 멀리 번져나갔던 것이다.

그건, 우아한 바람 덕분이었다.

구름골짜기에 사는
그 남자, 그 여자

1.

13층에서 엘리베이터 문이 스르륵 열렸다. 13층에 사는 그 여자는 엘리베이터 안에 서 있는 14층에 사는 그 남자와 눈이 딱 마주쳤다. 그 여자는 잠시 머뭇거리다가 오른발 먼저 엘리베이터 안으로 들여놓았다. 아무래도 지난밤에는 실례를 했던 것 같았다.

"죄송합니다. 제가 모르고 그만……."

그 여자의 말에 그 남자는 고개만 약간 숙였다. 웃지도 화내지도 않는 얼굴이다. 12, 11, 10…… 1층까지, 엘리베이터가 너무 더디게 가는 것만 같았다. 숨이 턱 막혀왔다. 그 여자는 마침내 엘리베이터 문이 1층에서 스르륵 열리자마자 앞만 바라보고 걸었다. 뒤통수가 따가웠다.

영감신이 자기를 찾아와 신들린 여자가 된 이후부터 여자의 뒤통수는 늘 따가웠다. 한 영감의 내연녀로 이십여 년을 살고 있는 그 여자는 내림굿을 받기 직전이었다. 그 여자는 그 모든 것들을 마음을 열고 받아들였다. 만약 자신이 허락하지 않았더라면 그 여자의 삶에 침투하지 못했을 일들이었다. 그 여자는 그 모든 것들을 사랑했다.

어젯밤, 그 여자는 왁자지껄한 소리가 꼭 위층에서 나는 소리인 줄로만 알았다. 입주한 지 석 달밖에 되지 않은 아파트여서 집집마다 집들이가 한창인 모양이었다. 그래도 그렇지, 시간이 몇 시라고. 10시가 훨씬 넘었는데도 떠들고 웃고 박수를 쳐가며 노래를 불러대는 게 난리도 아니었다. 도저히 잠을 잘 수가 없었다. 해서 수화기를 들었다. 신호음이 열 번이나 울려도 상대는 나오지 않았다. 열한 번째 신호음 끝에 그 남자가 받았다. 굵은 저음이었다.

"여보세요."

그 여자는 자신도 모르게 흥분한 목소리로 말했다.

"열 시가 넘었는데……. 시끄러워서 도대체 잠을 잘 수가 있어야죠."

그 남자는 착 가라앉은 목소리로 이내 대답했다.

"우리 가족은 모두 자고 있습니다……."

찰칵. 전화는 저쪽에서 일방적으로 끊었다.

그 여자는 잠시 턱을 괴고 앉았다. 시끌벅적한 소리는 계속 들려왔다. 무지막지한 소음. 외로운 여자가 견딜 수 없는 화목한 소리였다. 그 여자는 소리의 진앙지를 찾다가, 도리 없이 아파트 관리실로 전화했다. 여차여차해서 도저히 잠을 잘 수가 없다고 말했다. 관리인은 알아보겠다며 전화를 끊었다.

잠시 뒤, 관리인에게서 전화가 왔다.

"알아봤는데요, 아래층에 일가친척들이 오셔서 놀고 있다고 합니다."

관리인에게 온 전화를 끊기 무섭게 전화 벨소리가 띠리링 울렸다. 코맹맹이소리가 전화선을 타고 들렸다.

"12층인데요, 증말 죄송해서 어떡해요……. 제 남편이 장남이거덩요. 집들이에 남편 식구들이 모두 와서 노는데 어쩌지요? 미리 말씀을 드리지 못해서 증말 죄송해요. 모두들 내일꺼정 노시다가 갈 텐데 증말 죄송해서 어째요……."

그 여자는 괜찮다고 말할 수가 없었다. 잠귀가 밝고 예민한 그 여자가 만약 아래층 뚱보여인에게 괜찮다고 말한다면, 앞으로 아래층에서 낼 소음을 견뎌낼 자신이 없을 것만 같았다. 그 여자가 뚱보여인에게 무슨 말을 해야 좋을지 머뭇거리는 사이, 전화는 이미 끊겼다.

잠시 뒤, 초인종 소리가 났다.

그 여자는 홈 오토를 통해 뚱보여인이 오른손에 접시 하나를 들고 서 있는 모습을 보았다. 뚱보여인은 마지못해 문을 여는 그 여자에게 접시를 내밀었다.

"증말 미안해요. 잡채 좀 드셔보셔요."

그 여자는 쿠킹호일을 살짝 걷어내고 잡채가 수북이 담겨 있는 접시를 내려다봤다. 갖은 야채와 쇠고기가 참기름에 뒤섞인 냄새가 코를 자극했다.

"이왕 오셨으니까 재미있게들 노셔야죠……."

끝내 괜찮다는 말을 하지 못하고 말끝을 흐리는 그 여자를 보고 뚱보여인은 안심하는 표정이 되었다.

그 여자는 눈을 말똥말똥하게 뜬 채 지난밤을 꼴딱 지새우고 말았다. 영감은 그날 밤 집으로 오지도 않았다.

그 여자는 승용차에 시동을 켰다.

그 여자의 고급세단은 미끄러지듯 아파트를 빠져나갔다.

그날, 그 여자는 무공해 매실로 담근 매실 엑기스를 가지고 위층으로 갔다. 14층 부인이 조심스레 문을 열고 예의 바르게 인사했다. 그 여자는 매실 엑기스 병을 내밀었다.

"어젯밤에 실례가 많았어요. 이건 저 깊은 산에서 딴 매실로 만든 엑기스예요."

14층 부인은 그 여자가 내민 것을 왜 받아야 하는지 의아

해했다. 그 여자는 자신이 어젯밤 여차저차한 실수를 저질렀다고 말했다.

"아! 남편이 저한테 아무 말도 하지 않아서 전혀 몰랐어요. 살다 보면 저희가 불편을 끼칠 일이 많을 텐데 어떡하지요?"

14층 부인은 난감해했다. 14층 부인은 몇 번이나 사양했지만 그 여자가 자리를 떠나지 않자 어쩔 수 없이 매실 병을 받아들고 어정쩡하게 서 있었다.

어느 때부터 아파트 관리사무소는 각 동 입구 게시판과 엘리베이터 내부에 "층간소음으로 인해 고통받는 우리의 이웃들이 있습니다. 특히 모두가 휴식을 취하는 이른 새벽이나 저녁시간에 이웃에 방해가 되는 소음이 발생하지 않도록 각별한 주의를 부탁드립니다"라는 공지사항을 붙여 놓았다.

2.

14층 부인은 그 여자가 가지고 온 무공해 매실 엑기스에 생수를 붓고 세 조각의 얼음까지 띄워 퇴근한 남편에게 주었다. 매실차는 맛이 썩 좋았다. 자신의 실수를 인정할 줄 안다면 괜찮은 사람이라고 그 남자는 생각했다. 그 여자가 일주일에 서너 번씩 낮에 굿을 하는 통에 아내가 시끄럽다고 투덜댔어도 그 남자는 너그러웠다. 아내가 역겨운 향냄새로 머리가 어지럽다고 호소해도 그 남자는 크게 개의치 않았다.

14층 부인은 어느 날, 골목의 아낙네들이 수군거린다고 그 남자에게 말했다.

"별 거짓말쟁이도 다 있어요. 기가 막혀서! 당신이 새벽마다 마루 이쪽에서 저쪽으로 쿵쿵 뛰면서 돌아다닌다고 하네요."

그 여자가 그렇게 말했다고? 그 남자는 무슨 복병을 만난 것처럼 화들짝 놀랐다. 아래층 여자의 과장된 표현일까? 상상인가? 고의적인 거짓말인가? 모두 다 언짢았다.

그 남자는 취미 삼아 별을 보러 다니는 사내 동호회 〈주피터〉의 베테랑 회원이다. 벌써 20여 년째 별을 보러 다니는 그 남자는 별 보기를 좋아하는 사람들은 대체로 영원을 동경하는 사람이라고 생각한다. 현자들의 말에 의하면, 마음이 맑지 않은 날에는 별이 잘 보이지 않는다고 한다. 그 말은 옳았다. 아내가 투덜거리는 말을 들은 날에는 밤하늘이 맑은데도, 별이 잘 보이지 않았다.

그 남자가 즐기는 운동은 마라톤이다.

이 아파트로 이사 오기 전에는 회사 사택에서 살았다. 그

때는 테니스를 쳤다. 테니스 라켓을 열 개 정도 부러뜨렸을 정도로 열심히 쳤다. 그는 몸이 지칠 정도로 힘이 들어가는 운동을 좋아한다. 골프는 시간상, 경제상, 그리고 운동량으로도 그에게는 부적당한 운동이다.

새로 분양되는 아파트는 이름부터 마음에 들었다. 구름골짜기 아파트. 회사와 가까운 점도 좋았다. 무엇보다 배산임수 지역이었다. 뒤로는 아담한 산이 있었고, 집 앞으로 조금만 걸어가면 도시의 젖줄인 강이 흘러갔다. 그 강을 따라 십리 대숲 공원이 이어져 있다. 선사시대부터 사람이 살기에 딱 적합했던 지역이라, 아파트 공사 중에 유물이 출토되어 공사가 한동안 중단된 적도 있었다.

그 남자는 아파트로 이사 오고 난 뒤부터는 뒷산을 줄곧 뛰었다. 이른 아침이나 저녁 시간에 뒷산에서 달리기를 하다 보니 문득 마라톤 대회에 출전하고 싶어졌다.

첫 출전은 경주 동아마라톤대회였다. 참가자들이 마라톤을 위해 준비해야 할 사항들을 그 남자는 전혀 알지 못했다. 모자도 없이, 그저 뒷산을 뛰었던 맨몸만이 그가 마라톤 대회에 나가는 준비의 전부였다.

42.195킬로미터는 너무나 긴 거리였다. 금세 물집이 잡히는 투박한 운동화를 신고 뛰었다. 뒷산을 뛰어다녔던 운동화는 황토 색깔이었다. 불편해진 발보다 더 곤혹스러웠던 것

은, 뛸수록 점점 홀쭉해지는 배 아래로 줄줄 흘러내리는 탄력을 잃은 고무줄 바지였다. 여러 해 동안 즐겨 입은 낡은 테니스 바지였다. 그 남자는 정든 바지를 한 손으로 꽉 움켜쥐고 뛰어야만 했다. 그건 첫 출전한 마라톤 대회에서 전혀 예상치 못했던 복병이었다.

그 남자는 뛰어가면서 마라톤 대회장 주변을 휘이 둘러보았다. 아무리 둘러보아도 바지를 단단히 고정시켜 줄 만한 게 그 어디에도 없었다. 그런데 어느 순간, 그 남자의 눈에 어느 여자가 들고 가는 케이크 상자가 들어왔다. 케이크 상자를 예쁘게 포장한 연둣빛 끈. 남자는 그 끈을 얻어 테니스 바지 허리를 단단히 묶기로 했다. 그 남자는 케이크 상자를 들고 가는 여자에게 다가가 여차여차해서 그 끈이 필요하다고 말했다. 40대 후반처럼 보이는 여자는 기꺼이 케이크 상자에서 끈을 풀어 그 남자에게 건네주며 수줍게 웃었다.

"완주하세요. 힘내세요."

"고맙습니다"라고 유쾌하게 응대했다. 연둣빛 끈을 테니스 바지 허리에 단단히 묶었다. 비로소 그 어떤 것에도 구애 받지 않고 달리기를 할 수 있었다. 몸이 가벼워졌다.

그날, 그 남자는 4시간 4분 54초 만에 완주했다. 그는 몸에서 힘이 다 빠져나간 것만 같았다.

"완전 기진맥진이네요. 토마토주스 마셔요."

아내가 내민 토마토주스를 연거푸 석 잔 마시고 난 그 남자는 맨땅 위에 큰대자로 누워 버렸다. 하늘을 바라보니, 아득히 먼 곳에 뭉게구름 떠 있었다. 구름 바로 곁에는 걱정스러운 아내의 얼굴이 테니스공처럼 떠 있었다.

그 남자는 그대로 누워 있고 싶었다. 눈을 감았다. 귀에 들리는 응원 함성은 쏴쏴쏴 거센 물살 소리 같았다. 소리는 다만 소리 그 자체로 공중을 소용돌이치듯 부유하고 있었다.

3.

그 여자는 소리를 좇다가 아파트 경비원에게 위층 소음을 제거해달라고 애원하기도 했다. 경비원으로부터 위층에 사람이 없다는 대답을 들었다. 그 여자는 14층으로 직접 확인 전화를 했다. 아파트 관리사무소 직원의 말은 옳았다. 아무도 전화를 받지 않았다. 지금은 부재중이어서 전화를 받을 수 없습니다. 삐 소리가 나면 전화번호를 입력하시거나 음성 메시지를 남겨 주시면 연락을 드리겠습니다. 삐- 자동응답기 음성만 들렸다.

그 여자는 위층의 위층인 15층에도 전화했다.

"뭐라고요? 운동요? 러닝머신요? 우리 집에서 운동하는 소리가 새벽에 들린다고요? 기가 막혀! 우리 집에는 운동기구 없어욧!"

저쪽에서 일방적으로 전화를 끊었다.

그 여자는 소리를 추적하는 일을 포기하지 않았다. 대낮에도 한밤중에도.

그 여자의 전화를 받는 상대방은 모두 시침을 뗐다. 새벽에만은 소음 낼 일이 없다거나, 밤 늦게 만큼은 소리가 날 이유가 없다거나, 자기 집에는 운동기구도 없고 운동하는 사람도 없다고 잘라 말하기도 했다.

그 여자는 마침내 자기 집을 중심으로 대각선에 있는 집에 전화했다. 오른쪽 대각선 위층은 오른쪽 골목 14층이고, 왼쪽 대각선 아래층은 왼쪽 골목 12층이었다. 그 어떤 집도 층간소음의 주범이라고 고백하지 않았다.

그 여자는 일주일 만에 찾아온 영감에게 불만을 터트렸다.

"맨날 마루 이쪽부터 저쪽까지 쿵쿵쿵 뛰며 돌아다니는 소리가 들리는데, 아무도 자기들이 아니라고 딱 잡아떼더라고요."

영감은 고개를 끄덕거리며 건성으로 듣고 있다가 "당신, 신경을 다른 데로 써보면 어때?"라고 넌지시 말했다.

자신의 말을 신뢰하는 것 같지 않은 영감의 태도에 그 여자는 실망했다. 그 여자는 본부인보다 당신을 더 사랑한다고 고백하는 영감의 사랑을 독차지했으므로 영감 앞에서는 늘 당당했다. 하지만 그 여자의 집은 한 남자를 기다리는 시간으로 채워져 있다. 늘 조용한 집이다. 첫 결혼생활에 실패하고, 술장사를 시작했을 때부터 하게 된 이중생활이었다. 그 가운데 영감의 사업이 불 일듯 일어난 것은 참으로 다행스러웠다. 덕분에 풍족함을 누릴 수 있었다. 세인들의 따가운 눈총쯤은 얼마든지 견뎌낼 수 있었다. 영감 사이에 얻은 외동아들 중남이는 자율형 사립고등학교에서 기숙사 생활을 하고 있다. 가끔씩 빨랫감을 가지고 집으로 온다. 중남이를 남부럽지 않게 키울 수 있었던 것도 모두 넉넉한 주머니 사정 덕이었다.

영감도 있고 아들 중남이도 있건만, 그 여자는 자신이 망망대해에 떠도는 난파선 같다고 생각한다. 허전했고 외로웠다. 철학관을 전전했다. 그러다가 자신이 허락하여 자기 안으로 영감신을 들여놓았다. 기실, 영감신도 자신의 외로움을 달래 주지는 못했다. 영감신은 그 여자의 삶을 결코 행복한 방향으로 이끌어 주지는 않았다. 영감신은 시도 때도 없이 시시콜콜 그 여자를 간섭했고, 남의 남자를 빼어오게 해준 대신 자기에게 굴종하게 만들었으며, 부(富)를 준 대신 행복을 박탈해 갔다. 영감신은 한밤중에 그 여자를 산꼭대기까지 데리고 간 적도 많았다. 영감신이 지시하는 자리에서 그 여자는 밤새도록 굿을 벌였다. 혼자 하는 굿은 외롭기 짝이 없었다. 주술을 외우고, 춤을 추면 자신도 모르게 눈물이 흘러내렸다. 기쁨은 결코 아니었다. 슬픔이 훨씬 더 컸다. 영감신은 잠시의 만족을 주는 것처럼 보였지만 이전보다 더 잔인한 저주를 주는 것 같았다.

그 여자는 집에 혼자 있는 것이 싫었다. 골프도 치고 사람들에게 밥을 사주며 시간을 보냈어도 공허함은 그녀의 전유물이 되고 말았다.

그 여자는 간간이 집에 들르는 아들에게도 소음 때문에 잠에 들 수 없다고 하소연했다. 아들은 엄마를 이해하는 눈빛이었다.

"어머니, 집집마다 소리가 다 날 거예요. 다른 집도 어머니처럼 소음 때문에 괴로워한대요?"

"그렇대. 박 기사 말로는 층간소음이 장난이 아니래."

체구가 집채만 한 박 기사는 성실한 아파트 관리기사이다.

"박 기사가 어머니한테 무슨 말을 했어요?"

그 여자는 고개를 갸웃거리는 습관이 있는 박 기사를 흉내내며 아들에게 말했다.

"아주머니! 우리도 참 알 수 없는 일이 많아요. 지하 1층에 있는 환기용 펌프소리가 1, 2층에선 안 들리는데 어째서 15층에서는 들리는가? 이 말입니다. 앞 동 15층에 살았던 아주머니께서 하도 소음이 심하다고 말하기에 알아봤지 뭡니까? 추적하고 추적하다 보니 글쎄, 범인은 바로 지하 1층에 설치된 정화조 배기용 펌프였다, 이겁니다."

"그래서요?"라고 아들의 눈이 호기심으로 반짝였다. 그 여자는 내처 박 기사를 흉내내며 쉿소리를 이어갔다.

"아파트 관리소에서 할 방도는 다 취했더랬지요. 24시간 동안 펌프 돌리는 시간을 낮 시간대로 1시간 간격으로 옮겨봤지만, 소용이 없더라고요. 낮 시간대에 들리는 그 소리도 못 견뎌 하셨으니, 어쩝니까?"

"그러면 방법이 없겠네요?"라며 아들이 물었고, 그 여자는 박 기사가 된 기분으로 고개를 크게 끄덕이며 말을 이었다.

"아주머니! 고유 진동수라는 게 있는데요, 펌프가 돌아가는 소리의 음파가 혹 그 아주머니의 고유 진동수와 똑같으면 그 아주머니 귀에는 지하 1층에 있는 배기펌프 돌아가는 소리가 못 견딜 만큼의 소음이 되어 버리는 겁니다. 남이 뭐래도 자기 귀에는 미치고 환장하는 소리로 들리는 겁니다. 뭐, 그런데 관리실이 어쩌겠습니까? 결국 그 아주머니는 견디다 못해 바로 옆 아파트로 이사 갔는데, 다음에 그 집으로 이사 오신 분은 아무 소리도 안 들린다며 잘 살고 계세요. 헛

참! 만약 지하 1층에서 돌아가는 펌프 소리가 1층이나 2층에서 들려서 사람이 못 산다고 하면, 그 아파트는 날림으로 지어졌다는 소리도 되는 것 아닙니까? 그러니 그 아파트는 사람이 살아서는 안 되는 아파트란 소리도 되는 게 아니겠습니까? 이 아파트는요, 정말 단단하게 잘 지어진 아파트라니까요. 못이 잘 안 들어가요, 못이 말입니다."

아들도 고개를 끄덕이며 "어머니께서도 우리 아파트는 정말 단단하게 지어졌다고 말씀하셨지요?"라고 물었다. 그 여자는 "물론이고말고. 어딜 다 다녀봐도 우리 아파트만큼 튼튼하게 지은 아파트는 없더라"라고 대꾸했다.

아들은 인터넷 창을 열고 '고유 진동수'를 쳐 봤다.

미국 워싱턴 주에 있던 타코마 다리가 강풍에 무너져 버린 일이 있었다. 타코마 다리는 한 번의 강력한 바람에 의해 무너진 것이 아니었다. 그때 바람의 진동수가 흔들리는 다리의 진동수와 일치하면서 점점 더 거세게 흔들리다가 결국은 무너져 내리고 만 것이었다. 공명 현상이 거대한 다리를 파괴한 사건으로, 1940년 11월 7일에 실제 있었던 일이었다.

아들은 호흡을 고른 뒤 어머니에게 말했다.

"어머니! 결국 방법은 하나밖에 없네요. 이사 가는 것이요."

'이사 가는 것' 이외에 다른 방법을 제시하지 않는 아들에게 그 여자는 섭섭했다. 어머니가 별스러운 것 같다고 결론을 내리는 것처럼 해석되었기 때문이다. 사실 박 기사가 고유 진동수 운운해가며 앞 동 15층 사람의 말을 꺼냈을 때도, 그 여자는 이사 외에는 별다른 방법이 없을 거라는 뜻을 박 기사가 내비친 것으로 알아들었다.

그 여자는 간간이 찾아오는 남동생 내외에게도 층간소음 때문에 못 살겠다고, 그래서 이사를 가야겠다고 투덜거렸다.

"그러시지요, 누님! 누님은 단독주택에서 사시는 게 더 바람직합니다."

단정하고 깍듯한 남동생이다. 하지만 그 여자는 언제나 자신의 말에 동의해 주고 선선히 인정해 주는 남동생이 고맙기는커녕 섭섭하기만 했다. 독실한 기독교 신자인 남동생 내외는 맨 먼저 신당 앞에 무릎을 꿇고 앉아 영감신이 누이에게서 떠나가도록 기도하곤 한다. 그리고 교회를 권유했다.

'뭘, 그렇게까지 하나? 내가 받아들인 영감신을 인정해주면 어디가 덧난담?'

그 여자는 고개를 가로저었지만 마음 한편으로는 교회도 가고 싶었다. 이 지긋지긋한 영감신을 버린다면, 다른 사람들처럼 정상적으로 살 수 있을까? 만약 그녀가 교회를 가게 된다면 영감신을 배반하게 된다. 이렇듯 생생하게 실존하는 영감신이 보복하지는 않을까? 두려웠다.

"둘 다는 안 되겠니?"

남동생은 안 된다고 했다. 어느 한쪽을 선택해야 하는데, 구원은 오직 예수뿐이라고 했다. 영감신은 그 여자를 결코 떠날 수 없는 모양이었다. 집요했다. 머리에 갓을 쓰고 도포를 입었으며 수염이 길게 자란 영감신은 낮에도 밤에도, 때를 가리지 않고 명령했다. 특히 한밤중에 명령할 때는 죽기보다 싫을 때가 많았다. 영감신이 산꼭대기까지 데리고 간 그곳, 커다란 바위에는 어김없이 새의 발자국 같은 무늬가 있었다. 그냥 지나치면 그저 돌의 오랜 상흔인데도, 그 흔적에 삼족오의 의미를 붙이면 그렇게도 보인다. 길흉을 예보하는 영험한 새의 흔적. 그 바위 위에서 그 여자는 무녀가 되었던 것이다.

그 여자는 문득 거울을 바라보았다. 자신의 초록빛 눈을 본다. 그 속에는 자신이 받아들인 영감신도 함께 살고 있다. 그 여자는 얼마든지 영감신과 대화가 가능하다. 그러나 진정한 행복에 관해서는 묵묵부답인 영감신이다. 그 여자는 이제껏 슬픔을 껴안고 살아온 듯했다.

그랬어도 자신의 귀에 들리는 층간소음을 인정해 주는 사람을 만났던 건 다행이었다. 바로 14층 부인이었다. 14층 부인은 끊임없이 불평을 일삼는 그 여자를 자기 집으로 데리고 갔다.

"층간소음에 시달리면 괴로울 테지요?"

14층 부인은 그 여자를 다독이면서 집 구경을 시켜 주었다. 처음에는 14층 부인의 진심을 의심했다. 그 여자는 자신처럼 14층 부인도 연극을 제법 잘하는 줄 알았다. 14층 부인은 분명 자신이 신들린 여자라는 사실을 잘 알고 있을 것이다.

그 여자는 이 통로에 가장 늦게 입주했다. 전에 살던 단독주택에서 아파트로 일찍 이사할 이유가 특별히 있었던 것도 아니었지만, 차일피일 이사를 미뤘던 이유는 바로 신당 때문이었다. 그 신당을 14층 부인이 아마 처음 봤을 것이다. 신당이 1층에서 엘리베이터 안으로 들어갈 때 마침 14층 부인이 엘리베이터 안에서 나왔다. 인부 두 사람과 함께 서 있던 그 여자는 14층 부인의 눈이 신당을 보자마자 화등잔만 하게 크게 떠졌던 사실을 기억하고 있다.

"이게 뭐예요?"

14층 부인이 물었다.

인부 한 명이 나섰다.

"신당이지 뭐예요?"

"어머나! 아파트에도 신당이 들어올 수 있나요?"

그날, 그 여자는 엘리베이터 안 거울 속에서 자신의 눈동자가 진초록으로 변해 가고 있음을 알았다. 무시해 버려! 자신에게 속삭이는 목소리를 아무도 눈치채지 못하도록 엘리베이터 바닥을 내려다보았던 것도 기억한다.

값비싼 물건은 없어도, 있어야 할 것들은 모두 갖춘 정갈한 집이었다. 눈을 씻고 봐도 운동기구라곤 없었다.

14층 부인은 "남편이 이렇게 새벽마다 몸 풀기를 해요"라면서 시범을 보여주었다. 맨손체조였다. 14층 부인은 몸을 툭툭 두들겨가면서 동작을 계속했다. 14층 부인의 몸동작은 '스트레칭 소리를 소음이라고 할 수 있을까요?'라고 묻고 있는 것처럼 보였다. 그 여자는 자신이 "미쳤다"는 소리를 들어도 싸다는 생각이 들었다. 그래도 그 여자는 증언해야만 했다.

"분명히 쿵쿵쿵 하는 소리가 들려요."

14층 부인은 잠시 생각하는 듯했다.

"우리 집에서 나는 소리가 들리면 언제라도 전화해 주세요. 아무 때라도 괜찮아요. 새벽에도 좋고, 밤에도 좋고, 낮에도 좋아요. 저도 이 소리가 아래층에서 어떻게 들리는지 궁금하거든요. 지금 점심시간인데, 우리 오리고기 먹으러 갈까요?"

그 여자는 "나중에 하지요"라고 얼버무렸다. 그 남자의 집에서 나올 때 그 여자는 뒤통수가 매우 따가웠다.

그날 밤이었다.

이래저래 그 여자는 편한 잠을 잘 수 없었다. 그런데 그 여자에게 한밤중에 위층으로 전화할 일이 터져 버렸다. 고혈압과 당뇨를 앓고 있던 혼외영감에게 갑자기 심한 호흡곤란 증세가 찾아왔다. 대학병원으로 데리고 가지 않으면 안 될 지경의 응급상황이었다. 누군가에게 도움을 청해야 하는데, 아무도 생각나지 않았다. 떠오르는 사람은 그 남자뿐이었다. 신호음이 열 번쯤 울리고 난 뒤, 잠에서 덜 깬 그 남자의 음성이 들렸다.

"여보세요."

"저어……. 중남이 아버지가 위독한데요……. 대학병원에 데리고 가려고 해요……."

그런데 그 여자는, 이 이를 업고 가줄 사람이 없네요. 도와주실래요?라는 말 대신 "알고 계시는 의사 선생님 좀 소개시켜 주십사 전화드렸어요……"라고 했다. 그 남자가 다니는 대기업 직원들은 대기업이 운영하는 대학병원에서 남다른 대접을 받을 것이다. 그 여자는 저들의 특권을 자신도 나눠 받기를 원했다. 그 여자는 막연하게 떨었다. 상대방은 수화기를 통해 담담하게 말했다.

"딱히 아는 의사는 없소. 대학병원 응급실에 가시면 당직

의사가 있을 겁니다. 안심하시고 가시면 됩니다."

"네. 잘 알겠습니다……."

그 여자는 수화기를 힘없이 내려놓았다.

4.

그 여자와 그 남자는 엘리베이터 안에서 간간이 마주쳤다. 그 여자는 대체로 먼저 목례를 했다. 그 남자도 목례를 했지만 별 표정이 없었다. 어떤 때는 그 여자가 먼저 말을 꺼내기도 했다.

"4층 아저씨가 우리 영감을 등에 업고 병원으로 가 주었어요."

그 남자는 희미하게 웃었다. 사람 좋은 웃음을 흘리고 다니는 4층 남자의 얼굴이 떠올랐다.

그 여자는 한 달이 지나 환자를 퇴원시켰다고 그 남자에게 보고를 하기도 했다.

그 남자는 이른 새벽에 일어나 몸 풀기를 했다. 다음 달에 열리는 춘천 마라톤 대회가 코앞으로 다가오고 있었다. 달리기는 자신과 정정당당하게 싸움을 벌이는 가장 신사적인 운동이다. 자신과 싸움을 할 수 있는 운동은 가장 아름다운 몸짓이다. 일주일에 적어도 두세 번은 연습을 해둬야 당일 완주하는 데 큰 무리가 없을 것이었다.

그 남자는 산을 뛰기 전에 온몸을 푸는 준비운동을 한다. 맨손체조다. 때로는 자신의 몸을 두들기기도 한다. 그 남자는 아래층을 의식해서 살금살금 몸을 풀었다.

그랬음에도 불구하고, 그 여자는 잊을 만하면 층간소음 문제를 다시 꺼내곤 했다. 그 여자는 어느새 도를 점점 넘어서고 있었다.

그 남자는 자신의 몸을 두들기다 관리인의 전화를 받기도 했다.

14층 부인은 그 남자보다 더 속상해했다. 같은 골목에 사는 이웃 아낙네들이 "진짜로 바깥양반이 집 안에서 이렇게 달리세요?"라고 물었다고 했다.

"아래층 여자가 이렇게 두 팔꿈치를 모으고 거실마루 이쪽 끝에서 저쪽 끝까지 왔다 갔다 하면서 달리기하는 모습을 재현했대요."

기가 찰 노릇이었다. 아낙네들의 입소문은 그리 만만히 대할 성질의 것이 아니었다. 그 남자는 근거가 없는 "누가 뭐라고 카더라"는 말을 가장 싫어했다.

그 남자는 준비운동을 하기 위해 자신의 몸을 두들기는 일이 점점 망설여졌다. 스트레칭의 모든 동작은 팬터마임처럼 소리가 나지 않는다. 소리가 난다면 자신의 몸을 두들기면서 나는 소리일 테다. 자신의 집에서 자기 몸을 두들기는 일도 망설여진다면, 도대체 이곳에서 앞으로 어떻게 살아야 하나? 아파트에 산다는 것이 한심스러워지기까지 했다. 그 남자는 자신의 몸을 살금살금 두들겼다. 위층에 산다고 하는 이유로 소음의 주범이 될 수 있을까? 그 누가 공동주택에서 마음 놓고 살 수 있을 것인가? 그 남자는 자신이 오히려 피해자가 된 기분이었다. 만약 아래층 여자가 이 순간에 전화를 해 준다면, 그 남자는 자신이 지금 무엇을 어떻게 하고 있는지 당당하게 밝힐 작정이었다.

그때 마침 "따르릉" 하고 전화가 왔다. 다섯 번째 전화 벨 소리에 그 남자는 천천히 수화기를 들었다. 자신도 모르게 긴장이 되었다.

"여보세요."

"경비실입니다. 지금 아래층에서 위층 소음 때문에 불평이 심합니다."

그 남자는 자신도 모르게 관리인에게 역정을 냈다.

"내가 지금 내 몸을 두들기고 있소. 우리 집에서 내 몸풀기도 못 한단 말이오? 다음부터는 아래층 사람이 직접 전화하도록 하시오. 알았소?"

"네, 알겠습니다. 사장님!"

"난 사장이 아니오."

그 남자는 예사로 듣게 되는 수많은 어휘들의 인플레이션이 귀에 거슬렸다. 그건 모두 말장난에 불과하지 않은가.

리모델링을 하는 입주민이 늘어나자 새롭게 등장한 안내문이 엘리베이터 안에 붙여졌다.

안녕하십니까? 202동 704호입니다. 인테리어 공사관계로 불편을 드려 죄송합니다. 소음이 발생하더라도 많은 양해 부탁드립니다.

공사 중 불편사항 010-xxxx-xxxx

5.

그 남자는 어느새 마라톤 풀코스를 70여 회 완주했다. 3시간 14분 풀코스 완주 기록을 세우기도 했다. 요즘은 평균 3시간 30분대에 완주한다.

그 남자는 회사 식당에서 홀아비 선배와 마주 앉았다. 선배는 층간 소음 문제로 아래층 부부에게 시달리다가 더 이상 견디지 못해 곧 이사갈 거라고 했다.

"허 참! 내가 오줌 누는 소리, 샤워하는 소리가 시끄럽다고 맨날 전화를 하더라고. 이런 말하면 뭣해서 안 하려고 했는데……. 아래층에 사는 부부가 장애인이야. 남편은 오른팔이 없고 부인은 왼쪽 다리가 없어. 장애인을 상대하면 내가 뭐가 되겠어? 집에 있을 수가 있어야지……. 하는 수 없이 경비실에 죽치고 앉아 있다가 이게 아니란 생각에 이사를 결정했다네."

어느 날, 그 남자는 세탁기 수도꼭지 고무 패킹을 교체하러 온 박 기사가 들려주는 이야기도 들었다.

"아저씨! 이런 이웃집도 있더라고요. 203동에 사는 아래층 집주인은 3교대 근무하는 근로자인데요, 위층 아이들이 뛰어다니는 소리에 잠을 잘 못 잤답니다. 위층 부인이 지혜롭더라고요. 아래층 아저씨가 교대 근무하는 시간을 알아내서는 달력에 쉬는 날에다 빨간색 연필로 동그라미를 해 놓고는 그날은 절대 뛰어다니면 안 된다고 아이들한테 주의를 단단히 줬답니다. 그렇게 이웃 간에 문제를 풀어 가면 정말 고마운 거죠."

그 이야기는 드물게 아름다운 '미담'이었다.

어느 날 밤이었다. 그 남자는 늦게 퇴근했다. 요즘 회사 업무량이 웬만한 체력으로는 감당할 수 없을 정도로 과중했다.

안전사고가 나지 않도록 만전을 기하는 일이 그 남자가 긴장해서 해내야 하는 중요한 업무였다.

그 남자는 거실 마루에서 스트레칭을 하면서 몸을 두들겨 나가기 시작했다. 시원했다. 그는 어느새 머리부터 손, 팔, 다리 순서로 몸을 좀 더 세게 두들기는 데 열중하고 있었다. 전화벨이 무섭게 울렸다.

"여보세요."

"여기 아래층인데요, 시끄러워서 잠을 잘 수가 없어요."

그 남자는 목소리를 높였다.

"우리 집에서 내가 내 몸을 두들기는데도 시끄럽다는 말입니까?"

상대방은 아무 말도 않고 전화를 끊었다.

그다음 날이었다.

엘리베이터 문이 스르륵 열렸다. 13층 그 여자가 엘리베이터 안으로 들어와도 14층 그 남자는 쳐다보지 않았다. 그 남자는 거짓이든 과장이든 상상이든, 사실에 비하면 모두 가짜라고 생각했다. '마라톤을 하는 사람이 어디 달릴 곳이 없어서 자기 집 거실에서 뛰어다니겠소?' 그 남자는 그런 물음표로 서 있었다. 또한 그 남자는 인간관계를 파괴하는 힘에 대해서도 생각했다. 거짓은 인간관계를 파괴하는 괴력을 지니고 있다고 생각했다.

개폐되는 엘리베이터 문을 제외한 다른 삼 면에는 이런저런 당부의 말이 붙여져 있다. 그 남자는 "최근 들어서는 이웃 간 갈등 수준을 넘어 욕설과 폭력이 발생하는 원인이 되고 있습니다"라고 시작되는 〈애완견을 키우시는 세대에 드리는 당부의 말씀〉을 읽어 나갔다.

엘리베이터 문이 스르륵 열렸다가 닫히길 반복했다. 그날따라 엘리베이터는 층층이 섰다. 7층에서는 방송국 아나운서로 일하는 딸이 탔고, 5층에서는 남자 고등학생이 탔다. 그 남자는 얼마 전에 담배꽁초를 함부로 버리지 말라는 당부의 말씀이 엘리베이터 안에 붙여져 있었던 것을 기억한다. 저 고등학생이 범인일까? 생각지도 않았던 의심이 불쑥 고개를 내밀었다. 3층에서는 초등학생 남자아이가 자전거를 가지고 탔다.

늦게 탄 순서대로 다 내리고 이제 그 남자와 그 여자만 엘리베이터 안에 잠시 머물고 있다. 그 여자가 아주 작은 목소리로 그 남자한테 말했다.

"그동안 죄송했습니다."

그 남자는 자신의 귀를 의심했다. 그 여자는 총총걸음으로 앞서서 이미 저만치 걸어가고 있었다.

그 여자는 승용차 안에서 심호흡을 했다. 그 여자는 왠지 자신이 쫓기듯 엘리베이터에서 먼저 내려버렸다고 생각했다. 자신의 뒤통수를 여전히 그 남자가 노려보고 있을 것만 같았다. 그리고 끊임없이 자신의 귀에 들려오는 이 거짓의 목소리를 이제는 용납해서는 안 될 것 같은 기분이었다.

아들은 요양원에 있는 제 아버지한테 딱 한 번 면회를 갔다. 아들의 용돈을 다달이 얼마큼 보내달라는 어머니의 당부 말씀을 전하러 병든 아버지를 찾아갔던 것이다. 요양원이 지겨웠는지, 영감이 요 근래 대여섯 번이나 찾아왔지만 비밀번호를 몰라서 헛걸음을 하고 간 모양이었다. 그 여자는 음식물 쓰레기를 버리러 가다가 주차장에서 맞부딪친 박 기사한테서 소식을 전해 들었다.

“사장님이 어제오늘, 그리고 며칠 전에도, 그리고 또 그 전에도 두세 번, 차 안에서 아주머니를 기다리시던데요?”

천연덕스럽게 말하는 박 기사의 표정에는 ‘난 다 알고 있지롱’ 하는 기색이 역력해 보였다. 세상에는 비밀이 없다. 무슨 일이 벌어지면 반드시 누군가에는 들키게 되고 사실은 입소문을 따라 삽시간에 번지곤 했다. 그 여자는 박 기사의 말을 못 들은 척해 버렸다. 그 여자는 현관문 비밀번호도 바꾸어 버렸던 것이다. 자신을 빼면, 이 세상에서 오직 아들 한 사람만 집 비밀번호를 알고 있다.

승용차 백미러를 통해 그 여자는 저만치서 어정어정 걸어오는 박 기사와 눈길이 마주쳤다. 그 여자는 마치 불에 덴 사람처럼 온몸이 확확 달아올랐다.

그 여자는 아무래도 신당을 없애 버려야겠다는 생각을 했다. 그 여자는 아파트 사람들이 자신을 슬슬 피한다는 사실을 어느 날부터 깨달았다. 그 일은 아마 영감이 대학병원 응급실로 실려 갔을 때 4층 아저씨의 신세를 지고 난 뒤부터였을 것이다. 그 여자는 4층 아낙네가 자신의 집을 제집처럼 들락거리다가 신당을 보고 나서, 자신의 사생활을 소문으로 퍼뜨리고 있다는 사실을 어렵지 않게 알 수 있었다. 하지만 그 여자는 어떤 사람을 사귀어도 종당에는 서먹서먹한 관계로 끝나고 마는 것은, 때마다 자신이 임시방편으로 선택한 일의 결과를 치르고 있기 때문임을 인정하고 싶지 않았다. 다만 아낙네들의 입을 통해 번져 나가는 자신의 떳떳하지 못한 삶을 감추어 보려고, 그 여자는 신당을 만들어 파는 최 사장에게 전화를 걸었다. 새것과 다름없는 중고 신당을 공짜로 주겠다는 그 여자의 말에 최 사장은 기뻐했다.

최 사장은 그날, 저녁 시간이 되기도 전에 그 여자 집 건넌방에 버티고 있던 신당을 가지고 갔다.

선물의 집

은수가 오른쪽 청바지 주머니에서 열쇠 꾸러미를 꺼내 자물쇠를 풀고, 셔터를 위로 쭈욱 올리자, 낡은 쇳덩어리가 힘겹게 들려 올라가면서 뜨르르륵 요란한 소리를 냈다.

세 평 크기의 가게는 그녀가 살갑게 여기고 있는 일터이다.

은수는 긴 머리를 틀어 올려 집게핀으로 고정시킨 뒤 소매를 걷어올렸다. 스물여섯 살의 그녀는 보통의 키에 비교적 마른 편이었다. 외겹 눈에 약간 튀어나온 광대뼈로 인해 생활력이 강한 인상을 주었다. 대학교를 졸업한 뒤, 두 해 동안 과외 선생을 하면서 모은 돈을 계산해 보니, 이 가게에 전세로 들어올 만큼 되었다. 과외 선생은 그녀의 적성에 맞는 편이 못 되었다. 비록 작은 가게이지만 자신의 마음대로 계획해서 하는 일이 재미있었다. 그녀의 진지함이 장사하는 데 도움이 될 것 같지 않아 걱정했는데, 의외로 큰 도움이 되었다. 용도에 대하여, 성분에 대하여, 가격에 대하여 진지하게 설명하는 은수가 미더운지 고객들은 순순히 고개를 끄덕이고 두말하지 않고 물건을 구입했다.

학교와 아파트를 낀 지역이라서 가게는 장사가 잘되는 편이었다. 장사가 안 되어서 점포 정리를 하고 있는 바로 옆 옷가게까지 얻어 가게를 두 배로 확장해 볼까, 하는 게 요즘 은수의 생각이다.

은수는 세정제로 진열장 유리를 닦았다. 진열장 안에는 액세서리나, 손지갑 같은 소품들이 가지런히 놓여 있었다. 가게의 좁은 공간을 최대한 이용하려고 앞쪽의 출입구를 제외한 나머지 벽면에는 선반을 매달았는데, 선반 위에는 온갖 인형류와 액자, 탁상시계, 양초 같은 것들을 보기 좋게 진열했다. 은수는 조그마한 먼지털이로 선반 위를 조심스레 털었다.

포터 한 대가 가게 앞에 섰다. 단골로 납품하고 있는 종규가 포터에서 내린 후, 초콜릿 박스를 가게 밖에 잔뜩 쌓아놓고 씨익 웃었다. 종규는 은수보다 네 살이나 적어서, 은수에게 누나라고 한다. 그는 석 달 전에 군대를 제대한 스물두 살 난 총각인데, 몸을 사리지 않고 부지런히 일하는 청년이었다.

"누나! 일찍 나오셨네요. 오늘 초코렛 물량, 이만하면 됐죠?"

은수는 활짝 웃으며 고개를 끄덕였다. 오늘은 밸런타인데이라서 초콜릿 물량이 충분히 많아야 했다.

"고마와. 부족할 것 같지 않아 보여."

씩씩한 종규는 다음 납품할 가게를 향해 떠났다.

가게 청소와 정리가 끝났다. 은수는 옷매무새를 가다듬고, 물을 끓여 커피를 한 잔 탔다. 은수는 달달한 커피를 좋아한다. 늘 이 시간에는 무호가 전화를 했었다. 은수는 분홍색 커버의 핸드폰을 물끄러미 내려다보았다. 이제 더 이상 무호에게서 전화가 올 리 없다.

길 건너편 '헬로우 마트' 전자상회 책임 판매원으로 일하고 있는 무호를 사귄 지 6개월도 채 안 돼 그와의 만남은 끝이 나고 말았다. 은수가 가게에 필요한 전자제품을 사느라 단골손님이 된 이후로 안면이 있게 되었는데, 전기포트에 이상이 생겨 전화를 한 적이 있었다. 그때 무호가 직접 가게로 와서 전기포트에 어떤 이상이 있는지 살펴보고 갔다. 그리고 구매자 대행 노릇을 해 주었다. 은수의 영수증을 가지고 가서 아예 새것을 들고 가게에 왔던 것이다. 아주 친절하게도. 은수는 그가 자신에게 호의를 갖고 있다고 받아들였다.

그 일이 계기가 되어 교제가 시작되었다. 무호는 은수 가게에 자주 들렀다. 그리고 함께 밥을 먹고, 영화도 보러 갔다.

카페에서 이런저런 이야기를 나누거나 공원을 산책했다. 무호는 노래도 곧잘 불렀다. 가곡, 팝송, 가요. 목소리가 좋은 편이었다. 유머 감각도 있고 성실한 무호를 장래 결혼 상대로까지 생각했던 은수였다.

"우린 좋은 친구로 계속 남을 수 있지?"

무호는 연인 관계로 발전되지 못한 그들 사이를 친구 사이라고 단정 지었다. 그건 은수의 의지와는 상관없는 결정이었다. 6개월 동안 하루도 빠짐없이 만나 속내를 털어 내보이고 깔깔거렸던 둘의 관계는 그렇게 간단히 끝났다. 작년 10월 와인데이에는 그가 준 장미꽃 스물다섯 송이를 앞에 두고 분위기 좋은 양식집에서 와인 잔을 기울이지 않았던가. 그때는 사뭇 감격스러웠다. 은수는 무호가 자신의 연인이라는 사실을 의심하지 않았다. 그게 착각이었단 말인가. 올해로 여자 나이 스물여섯, 남자 나이 서른인데도 그렇게 간단한 말 한마디로 관계가 정리될 수 있는지 은수는 서늘한 마음이 들었다. 결과로만 보면 자신의 터무니없는 상상 때문에 무호에 대한 호감을 사랑으로 착각했던 게 아니었던가. 실로 무안스러운 일이었다.

은수와 헤어지고 난 바로 다음 날부터, 무호는 전자상회에서 같이 근무하고 있는 아가씨와 함께 팔짱을 끼고 다녔다. 먼발치에서 본 그 아가씨는 은수보다 늘씬한데다 예뻐 보였다. 아마 은수를 만나면서도 무호는 그 아가씨와 데이트를 즐겼을 것이다. 그렇지 않다면 어떻게 은수와 헤어진 바로 그다음 날부터 팔짱을 끼고 다닐 수 있겠는가. 은수는 마음속으로 자신의 아둔함을 탓했다. 무호와의 이별로 크게 상심하지도 않았지만, 덤덤하지도 않았다. 이유가 어떠하든, 자신이 먼저 헤어질 생각을 가졌던 것도 아닌데 상대에게 일방적으로 헤어지자는 통고를 받은 것과 마찬가지인 셈이 되어 버렸으니, 자존심도 상했고 심란하기도 했다. 무호에 대해 연연하지 않건만, 감정적으로는 그가 용납되지 않는다. 그게 은수 자신의 한계인 것처럼 답답하게 느껴진다.

시무룩하게 앉아 있는 은수에게 고객 할머니가 말을 걸었다.

"아가씨, 표정이 왜 그리 어둡누?"

가게 안으로 들어와 이것저것 물건을 살펴보고 있던 낯선 할머니가 안경 너머로 은수를 바라보고 있었다. 은수는 할머니를 올려다보았다.

"제 표정이 어두워요? 뭐, 그런 일이 좀 있어서요."

"애인하고 헤어졌지?"

은근하게 물어오는 할머니의 얼굴에 장난기가 어려 있어, 은수는 살짝 웃었다.

“그렇게 보였나 보죠? 실은 그렇긴 하지만요.”

“것 봐. 이래 봬도 내가 소싯적에 연애라 하면 척척박사가 아니었겠어? 난 젊은이들 인상만 보면 상태를 척척 알아낼 수 있거든. 연애 중, 결별, 행복함, 고민거리, 이렇게 이마에 쓰여 있다구.”

땅딸막한 할머니가 장난기 어린 표정으로 오른손을 들어 이마에 글씨를 쓰는 시늉을 했다. 은수는 맥없이 웃었다.

“그래요? 정말 잘 알아맞히시네요. 할머니, 커피 한 잔 하시겠어요?”

“주면 마시지. 난 이 나이에도 커피라 하면 언제든 좋아.”

“어떻게 타 드릴까요?”

“커피 하나, 프림 하나, 설탕 셋으루! 난 달짝지근한 게 좋아.”

어깨선보다 껑충 올라간 굵은 파마머리, 진회색 바탕에 옅은 노란색 꽃무늬 원피스, 그리고 흰색 양말을 신은 할머니는 초라하지도 화려하지도 않았다. 약간 통통한 편인 할머니는 수더분한 인상이었는데, 어림짐작으로 일흔 살 가까이 되어 보였다.

할머니는 커피 잔을 두 손으로 꼭 잡고 보약이라도 마시는 것처럼 커피를 한 모금 한 모금 아껴 가면서 마셨다. 할머니가 가게 안을 두리번거렸다.

"뭘 사시게요?"

"박하향이 나는 민트 초콜릿이나, 초콜릿을 씹을 때 물주머니가 톡 터지는 것 같은 럼주 초콜릿이 괜찮겠지?"

은수가 눈을 둥그렇게 뜨고 할머니께 물었다.

"할머니께서 누구에게 선물하시려고요?"

"오늘이 밸런타인데이라고 하지만, 이 나이에 상대가 있어야 선물을 하지……. 그냥, 그게 내가 좋아하는 초콜릿이다 이 말이지."

은수는 고개를 끄덕이며, 할머니가 커피를 마시면서 소싯적에 만났던 멋진 남자들에 대해 한참 동안 자랑하는 것에 귀를 기울였다. 할머니는 마치 꿈을 꾸고 있는 듯한 행복한 표정을 지었다. 늙은이는 추억을 의지하며 산다는 말이 맞는 것 같았다.

그때, 회색 신사복을 말쑥하게 차려입고, 중절모를 쓰고, 오른손에는 지팡이를 든 할아버지가 가게 안으로 들어왔다. 일흔 살을 족히 넘어 보이는 할아버지는 진열장에 뭐가 있는지 살펴봤다. 액세서리 쪽으로, 인형 쪽으로, 이리저리 기웃거렸다. 할아버지를 물끄러미 바라보고 있던 할머니가 은수에게 귓속말을 했다.

"이봐! 아가씨, 잘 보라구. 내 한 수 가르쳐 줄 테니까. 알았지?"

할머니는 한쪽 눈을 찡긋 했다.

"어머머, 아유, 선상님 그동안 안녕하셨어요? 저도 그동안 늙었지만, 선상님께서도 많이 변하셨네요."

할아버지가 어정쩡하게 서서 중절모를 약간 치켜 올리더니 어색한 웃음을 흘렸다.

"마누라가 얼마 전에 죽는 바람에 고생을 좀 해서 늙긴 늙었습니다만……. 그, 그런데 누, 누구시더라?"

"저런, 저런. 사모님 참 좋은 분이시라고 늘 저한테 말씀해 놓구선……. 그새 절 잊으셨세요? 호호호. 그때 선상님께서 아무도 모르는 비밀이라고 저한테 어디 가서 절대 말하지 말라구 해 놓구선, 호호호."

"아, 미, 미안하오."

"미안하긴요. 그까짓 것 뭐 추억이라고 할 수 있나요? 전 선상님을 한시도 잊지 않았지만요. 호호호."

할아버지가 은수 쪽을 흘낏 쳐다보면서 할머니의 손을 덥석 잡았다.

"시간이 있소? 시간이 있으면 우리 다방에라도 가서 그동안 밀린 이야기나 나눕시다."

"호호호. 그래야죠. 이렇게 반가운데 그냥 헤어질 수야 없죠. 오늘 마침 밸런타인데이라고 해서 그동안 맺었던 인연들이 그리워서 초콜릿이라도 구경하려고 왔세요. 마침 잘 됐네요, 제가 초콜릿 사 드리겠세요."

"아니, 아니지. 내가 사야지."

"아니, 아니요. 제가 사 드리겠세요. 저는 민트 초콜릿과 럼주 초콜릿을 아주 좋아하거든요."

할머니는 주섬주섬 집어 든 초콜릿을 계산대 위에 올려놓았다.

"아가씨~~~ 이것 계산해 주시겠어용?"

은수는 값을 계산했다.

"만팔천 원이네요."

"내 돈 받아요, 아가씨."

할아버지가 급히 양복 윗저고리에서 지갑을 꺼내 은수에게 이만 원을 주었다. 은수는 이천 원을 할아버지에게 내 드리면서 할머니의 얼굴을 바라보았다. 할머니는 은수를 보고 오른쪽 눈을 찡긋 감아 보였다.

"호호호. 아유, 제가 사 드리려고 했는데용…… 이거 미안해서 어쩌지용? 그럼, 찻값은 제가 낼 거예용."

할머니는 못 이기는 척하고 오른손으로 입을 가리고 할아버지를 향해 웃었다.

"허허허. 어쨌든 갑시다."

앞장서서 허청허청 걸어가는 할아버지의 뒤를 따라, 할머니가 가게 문을 나서며 은수를 향해 엄지손가락을 들어올려 보였다. '것 봐, 나 좀 보라구. 이렇게 간단하게 해내잖아'라고 말하고 있는 것 같았다.

은수는 가게 통유리 너머 손을 꼬옥 붙잡고 총총히 사라지는 두 노인의 뒷모습을 신기한 표정으로 바라보았다. 어쩜, 저럴 수가 있단 말인가. 할머니의 즉석 연기도 놀랄 지경이지만, 할아버지는 정말 속은 것인지 아니면 속아 주는 척하는 것인지, 은수로서는 도무지 이해가 되지 않는 부분이었다.

하긴, 오십 대 중반인 은수엄마에게도 지난주에 이런 일이 있었다. 아파트 입구에서 갑자기 비밀번호가 생각나지 않는다며, 은수에게 전화를 해서 "우리 통로 비밀번호 몇 번이지?"라고 물어 온 적이 있었다. 그 후로 엄마는 비밀번호를 폰에 저장해 두고 다닌다.

엄마는 상심해했다. 내가 벌써 이 지경이 됐냐고 슬퍼했다. 아빠는 엄마를 위로해 주느라 두 가지 원인을 댔다.

"자연스러운 일이라고. 당신, 이것저것 챙길 일들이 많다 보니 아파트 비밀번호를 잠깐 잊어버린 거라고. 아니면 한 가지를 골똘하게 생각해서 다른 건 까마득하게 잊어버린 거야. 신경 쓰지 말라고, 여보."

아빠의 말은 엄마에게 썩 위로가 되지 않는 것 같았다. 젊은 시절에 그렇게 우아하고 예쁘고 멋졌던 여배우가 심각한 치매환자가 되어 있는 소식을 듣고 무척 안타까워했던 엄마였다. 엄마는 남의 일 같지 않아 보인다며 늙는 것을 걱정했다. 은수도 엄마를 위로해 주었다.

"엄마, 그럴 수 있지, 뭘. 나도 가게 열쇠 찾는 게 일이잖아."

그때서야 엄마는 고개를 끄덕였다.

"하긴, 나만 그러는 게 아니더라. 얼마 전에는 15층 아줌마가 우리 아파트 통로 번호판 앞에 서 있기에 왜 그러냐고 물었거든. 그 아줌마도 나와 똑같은 증상이었어. 비밀번호가 생각나지 않아요, 그러길래 그땐 내가 비밀번호를 누르고 같이 들어왔지."

"것 봐요. 그럴 수 있어요."

그때 엄마에게 했던 말처럼, 은수는 지금 두 노인의 뒷모습을 물끄러미 바라보며 혼잣말로 중얼거렸다.

"저럴 수 있어……."

학교가 끝나는 시간이 되자 학생들이 오기 시작했고, 은수는 정신없이 물건을 팔았다. 그 많던 선물세트가 거의 동나고 말았다. 매월 14일은 연인의 날이라는데 언제부터 이런 날이 생겼는지 은수도 알 수 없었다. 1월의 다이어리데이로 시작해서 12월의 허그데이까지 달마다 이름을 붙인 연인의 날은 상인을 즐겁게 해 주는 날임에 틀림없다. 특히 오늘 같은 2월의 밸런타인데이는 3월 화이트데이의 매상보다 높아, 매상이 연중 최고치에 달한다.

연인……. 연인이라……. 다들 뭘 알고 이러는 걸까?

선물 고르기에 열을 올리는 여학생을 보면서, 은수는 그들의 나이보다 십 년이 더 많으면서도 모르는 것투성이인 자신이 바보처럼 여겨졌다.

"결혼 적령기의 남자한테 어떤 선물이 제일 좋죠?"

여학생이 고른 만년필을 포장지에 싸고 있는데, 아주 밝은 목소리가 들렸다. 고개를 들어 보니 놀랍게도 무호와 사귀고 있는 아가씨가 은수 앞에 서있는 게 아닌가. 은수는 어떻게 마무리했는지 모르게 포장을 서둘러 끝냈다. 자신도 모르게 손끝이 가늘게 떨리고 있었다.

가까이에서 본 아가씨는 멀리서 봤을 때보다 키도 크고 이목구비가 또렷한 미인이었다.

"밸런타인데이에 맞는 선물로 골라 주실래요?"

아가씨의 주문에 은수는 "주고 싶은 사람의 취향대로 하시는 게 좋을 걸요"라고 시큰둥하게 답했다. 묘한 감정이 일렁거렸다. 무호는 빨간색을 제일 싫어했다. 언젠가 빨간색이 약간 들어간 넥타이를 선물했던 적이 있었는데 그의 표정이 대뜸 흐려졌다.

"난 빨간색이 제일 싫어."

"많이 들어간 게 아니고, 실처럼 가는 줄무늬인 걸? 멋스럽지 않아요? 세련되어 보이는데."

"빨간색이 제일 싫대두!"

그는 약간 짜증을 내듯 말했다. 결국 무호의 취향대로 초록색 단색 넥타이로 바꾸어 준 적이 있었다.

아가씨가 진열대를 기웃거리면서 "마땅한 물건은 없지만……." 중얼거리면서 고른 물건이 손목시계였다. 시계 글자판 색깔이 공교롭게도 무호가 가장 싫어하는 빨간색이었다!

"특이하죠? 어때요? 세련되어 보이죠?"

은수는 연거푸 물으며 필요 이상으로 활짝 웃었다.

여자는 흡족한 표정으로 "정말 멋있네요. 아마 좋아할 거예요"라고 대답했다.

그 순간의 은수는 지나칠 정도로 자신의 감정에 충실했다. 전혀 엉뚱한 사람이 은수의 몸을 입고 서 있는 느낌이었다. 이성을 되찾으려는 노력 끝에 은수는 이런 질문을 던졌다.

"그런데, 손목시계는 누구든지 있을 텐데 다시 한 번 생각해 보시죠?"

은수는 어느새 빨간색 포장지를 골라 시계를 꼼꼼하게 싸면서 아가씨에게 묻고 있다. 이성을 되찾으려는 노력도, 질투가 섞인 이상한 감정 앞에서는 속수무책이었다.

“우리 그이는 까만색 전자시계를 차고 다녀요. 학생이나 차고 다니는 그런 촌스런 시계를 말이에요. 이 시계를 고른 이유는 순전히 저를 위한 거예요. 제 눈에 거슬려서 그래요.”

‘그이라고? 만난 지 며칠 만에 그이라?’

은수는 아가씨의 얼굴을 다시 한 번 살펴보았다. 유별난 변덕스러움의 흔적이 보이지 않는 그저 착실해 보이는 인상이었다. 은수는 손목시계가 무호에게 갈 것이라는 사실을 확인한 셈이었다. 왜냐하면 무호는 그가 차고 다니는 학생용 까만색 전자시계를 제일 좋아한다고 말했었다. 편한 게 최고라고 하면서. 이브가 아담에게 금단의 열매를 준 이후로, 이성 간에는 선물에 대한 오해가 있어왔다는 말이 문득 생각나기도 했다.

은수는 그 아가씨가 춤을 추듯이 가벼운 걸음걸이로 길 건너편 전자마트로 들어가는 것을 물끄러미 지켜보았다.

어느새 어둑어둑해졌다.

“많이 팔았네요.”

종규가 집으로 가는 길에 잠시 들러, 물건들이 쑥 빠져나간 빈자리를 둘러보며 말했다.

길 건너 헬로우 마트에서 나온 무호와 그의 연인이 팔짱을 끼고 나란히 걸어가고 있는 모습을 은수는 멍하니 바라보았다. 종규의 말은 귓등으로 듣고 있었다. 아픔도 슬픔도 아쉬움도 아닌 감정이, 딱히 사랑도 애틋함도 질투도 미련도 아닌 감정이, 은수의 내면에 일렁거렸다. 국어사전 어디에도 없을 이 감정을 뭐라고 명명할 것인가?

은수는 정신을 차리고 종규를 보았다. 종규는 지쳐 보였다.

"저녁밥은 먹었어?"

"아직 안 먹었어요. 누나는요?"

"나도 안 먹었어. 오늘 매상도 많이 올렸는데, 내가 한 턱 쏠게."

은수는 종규와 함께 먹자골목 안으로 들어갔다.

"뭘 좋아하니?"

"전 아무거나 잘 먹어요. 그런데 지금은 설렁탕이 먹고 싶네요."

설렁탕집에는 아침에 봤던 할머니가 할아버지와 함께 다정히 이런저런 말을 나누는 데 집중하고 있었다.

'세상에나. 아직도 함께 있다니!'

할머니가 연애박사처럼 보였다. 무슨 말을 나누고 있는 걸까. 은수는 그들이 예사롭게 여겨지지 않아 다시 한 번 쳐다보았다.

'할아버지는 또 어떻구?'

은수는 혀를 찼다. 그 두 어르신은 아직도 이십 대 청춘 같은 낭만이 흘러 보였다.

"우리 저쪽으로 가서 앉자."

은수는 두 사람을 방해하지 않으려고 일부러 두 어르신과 떨어진 곳에 자리를 잡았다. 은수는 할머니의 등을 보고 앉았다. 은수와 마주보는 자리에 앉아 있는 할아버지는 아침에 가게에서 보았던 은수를 물끄러미 바라보면서도 알아보는 기색이 없었다.

은수의 할아버지는 노인성 백내장 수술을 받기 전, 제법 오랫동안 지척에 있는 은수를 못 알아봤었다.

'저 할아버지도 노인성 백내장? 아님 기억장애?'

젊은이는 노인에게 일어나는 현상을 시시콜콜 따지지 말자. 그게 인생에 있어서 사느냐 죽느냐 하는 심각한 문제가 아니라면. 노인을 있는 그대로 받아들이는 것, 그게 인간 존엄에 대한 예의이다. 조부모님, 증조부모님까지 살아 계시는 집안에서 성장한 은수는 스스로에게 현자처럼 말하고 있었다.

주문한 설렁탕을 기다리고 있는 동안, 할머니와 할아버지가 자리에서 일어섰다. 계산대로 앞장서서 걸어간 할아버지가 양복 안주머니에서 지갑을 꺼내 설렁탕 값을 지불했다. 은수는 슬그머니 웃음이 터져 나와 종규에게, "저 할머니 있지?" 하면서 할머니를 가리켰다. 종규가 할머니 쪽으로 눈길을 돌렸다. 종규의 눈이 점점 커졌다.

"어, 어? 할머니 아냐? 할머니!"

순간, 할머니가 이쪽에 앉아 있는 은수와 종규를 바라보았다. 할머니는 아침 일찍 가게에서 만났던 은수를 못 본 척했다. 두 사람을 방해하지 않으려고 했던 것은 은수 혼자만의 배려였다.

할머니가 종규에게 종주먹을 대면서, 작은 목소리로 속살거리는 소리를 은수는 똑똑히 들었다.

"너, 종규 이놈! 이럴 때는 모르는 척 해줘야지! 저 아가씨, 사귀는 게야?"

종규가 손을 흔들었다.

"아, 아니에요. 이분은 그냥 알고 지내는 누나라구요."

할머니는 은수와 종규를 번갈아 보았다. 은수가 진지한 표정을 풀고, 멍청할 정도로 활짝 웃어 보였는데도 할머니는 은수를 끝내 아는 척하지 않았다. 할머니는 할아버지와 함께 음식점 밖으로 유유히 사라졌다. 연애 백단. 은수는 웃음이 풋 나왔다.

은수는 노년의 편안함과 자유로움을 두 어르신에게서 보았다. 찰나의 사랑이나 격정의 사랑 너머, 함께 있으면 그저 좋기만 한 동심의 원형에 가까운 마음. 호기심과 호의에 가득 찬 마음이다. 바보 같다고 누가 비난해도 상관없는 마음은, 두 어르신의 현재를 영원에서 영원으로 잇대어지게 하는 절대시간의 끈이 되어 줄 것이다. 그 마음은 인간에 대한 희망을 가져도 좋을 것 같은 신뢰에서 나오는 것이리라. 은수는 가슴 저 밑바닥으로부터 차오르는 따스함을 느꼈다.

설렁탕 두 그릇이 나왔다. 은수는 소금을 넣어 간을 맞추고, 후추도 뿌렸다. 그리고 파와 마늘 양념장을 듬뿍 넣었다. 종규는 국물에 밥을 훌훌 말아 먹었다. 은수도 배가 고팠던 터라, 종규처럼 국에 밥을 말았다. 온몸이 후끈후끈 달아올랐다.

"어떻게 아는 할머니야?"

은수의 물음에 볼에 터지도록 밥을 우물거리고 씹고 있던 종규가 눈을 둥그렇게 떴다.

"어떻게 아는 할머니라뇨? 우리 할머니예요."

"진짜 친할머니야?"

"가짜 할머니도 있어요?"

"정말?"

"누나, 오늘 진짜 이상하시네요. 우리 할머니라니까요."

"사연이 많은 할머니가 진짜 너네 할머니라고?"

"사연이 많은 것까지 어떻게 알았어요? 할아버지는 일찌감치 돌아가셨고, 우리 아버지, 삼촌, 고모들 키우시느라 고생

무지무지 하셨어요. 요즘 관절이 안 좋으셔서 순대 장사는 안 하시지만, 일거리가 있으면 닥치는 대로 일하시는 억척이셨어요. 그런데 며칠 전부터 돌아가신 할아버지가 보고 싶다고 하셨는데, 그럼 저 할아버지는 할아버지의 친군가?"

종규는 고개를 갸웃거렸다.

그때, 은수의 핸드백 속에 있는 핸드폰이 울렸다. 은수는 전화를 받았다.

"여보세요."

"은수 씨! 나 무혼데, 내 참 기가 막혀서!"

"……."

"빨간색이 싫다고 그렇게 말했는데도 말야, 하필이면 오늘 같은 날 빨간색 물건을 선물하는 여자가 정상이야? 내가 흥분 안 하게 됐어?"

"……."

"은수 씨! 내 말 듣고 있어? 내 말 듣고 있으면 어디 말 좀 해 봐."

"……."

"그래, 그래. 내게 섭섭한 줄 알고 있다구. 미, 미안했어. 시간 있어? 지금 나랑 만날 수 있어?"

핸드폰을 붙잡고 있던 은수는 대답 대신 고개를 흔들었다.

"내일 내가 가게로 갈게."

"오지 마세요."

자신도 놀랄 만큼 단호한 목소리가 새어나온다.

"뭐? 오지 말라구? 왜 그래? 그만한 일에? 어차피 결혼하기 전에는 모든 게 탐색전 아니겠어? 내일 내가 은수 씨 가게로 갈게."

"싫어요."

"싫다구? 내가 싫은 거야, 아니면 가게에서 만나는 게 싫은 거야?"

은수는 대답 대신 전화를 끊었다.

그리고도 여러 차례 핸드폰이 울렸지만, 은수는 받지 않았다.

종규가 멀뚱한 표정으로 은수를 바라보았다.

은수는 설렁탕 한 그릇을 어떻게 넘겼는지 모른다. 다만 지금 은수는 배가 너무 부르다는 사실만 깨닫고 있다. 설렁탕 국물 한 방울도 남기지 않고 이렇게 깔끔하게 먹어 본 적은 이제껏 한 번도 없었다.

"연인이 별건가? 이 순간에 같이 있어 좋은 사람이 연인이지."

불쑥 낮게 튀어나온 혼잣말이 무슨 명언처럼 그럴싸하게 여겨졌다.

숭늉으로 입을 가시고 있는 종규를 은수는 물끄러미 바라보았다. 지금 이 순간 그녀의 연인은 종규다. 정말 말이 된다. 사랑하는 사람이 연인이다. 갖가지 종류의 사랑 중에서 종규에 대한 사랑은 인간에 대한 예절 바른 사랑이다. 사랑을 하고 있느냐 그렇지 않느냐의 척도는 정결한 마음으로 고귀한 것을 상대에게 주느냐 아니냐에 달려 있을 것이다. 그것이 비록 형이상학적인 것일지라도 눈으로 보듯, 손으로 만지듯, 귀로 듣듯, 인간의 오감으로 느껴야 하는 것이다.

"종규야, 난 말야. 싸구려는 백 트럭을 준다 해도 싫다."

종규가 순진하게 고개를 끄덕였다.

"누나! 걱정하지 마세요. 제가 납품하는 물건은 틀림없어요. 이제까지 물건에 하자가 있어서 반품된 것 봤어요?"

은수는 가만히 웃으며 고개를 가로저었다.

"것 봐요. 틀림없다니까요."

포만감에 젖은 얼굴로 두 사람은 크게 소리 내어 웃었다.

물과 불을 지나

8월, 다시 찾은 도시

스테이트 칼리지 공항에서 짐을 찾고, 차를 빌렸다. 준이 운전하는 동안, 나는 마침내 긴 여정을 끝냈다는 안도감에 후훅 긴 숨을 내쉬었다.

몹시 피곤했지만 평안했다. 울산에서 김해까지 1시간, 김해에서 오사카까지 1시간 반, 오사카에서 디트로이트까지 12시간, 디트로이트에서 스테이트 칼리지까지 1시간 반. 이동수단 안에서 보낸 시간만 16시간이었다. 다음 행선지로 가기 위해 기다리는 시간에는 이국 공항의 간단한 음식도 먹어보고 서점도 기웃거리고 괜스레 이쪽저쪽을 왔다 갔다 하면서 몸풀기를 했다. 비행기 멀미가 심한 편인데, 그 덕에 그럭저럭 견딜 만했다.

오사카에서 디트로이트로 가는 동안 첫 기내식으로 비빔

밥을 먹으면서 우리는 30년 전의 이야기를 나누었다. 외국여행에 대한 사전지식도 제대로 귀동냥하지 못했던 시절이었다. 이웃에서 친하게 지내던 후배가 새벽에 일어나 정성껏 싼 김밥을 김포공항에서 눈물을 글썽이며 건네주었다. 비행기는 창공을 향해 서서히 뜨기 시작했고, 안정된 고도를 유지하면서부터는 순풍에 돛을 단 것처럼 흔들림조차 느낄 수 없었다. 우리 부부는 후배의 김밥을 맛있게 먹었다. 소고기와 시금치를 넣어 만든 김밥은, 이른 아침부터 서둘러야 했기에 출출해진 배를 넉넉하게 채워주었다. 몸이 나른해졌다. 설핏 잠이 들 무렵에 나왔던 기내식은 그림의 떡이 되고 말았다. 우리는 그때를 회상하면서 흐흐흐 웃었다.

이번에는 준이 두 번째로 맞는 안식년이고 퇴임 이전의 마지막 안식년이기도 하다. 1년 동안 빌려 살 집은 이곳 연구진의 수고로움으로 얻은 집이다. 공항에서 자동차로 30분 거리였다.

"공기가 달라요."

준도 고개를 끄덕였다. 8월 중순 한국의 후덥지근한 날씨에 비해 이곳은 건조하고 상쾌했다. 숨을 깊게 내쉬었다. 창밖은 온통 푸르르다. 숲이 많고 위도가 한국보다 높은 곳이라서 울산보다 시원했다. 바람이 귓불을 부드럽게 어루만지며 스쳐갔다.

"별로 변한 게 없어 보여요."

"여긴 변두리라서 그대로지만, 시가지는 넓게 확장되었고 새로운 건물도 많이 들어섰어."

준은 유학을 마친 지 30년이 지났지만 해마다 이곳 연구진들과 함께 공동연구를 해왔던 터여서 도시의 변화를 잘 감지하고 있었다.

우리들은 청년시절에 3선 개헌과 유신과 대통령 유고를 겪었다. 유학도 지금처럼 흔하지 않았다. 그때는 이 대학도시에 살고 있던 한인들이 100명 될까 말까 했다. 이곳은 5년 동안 아이들을 낳고 키우며 낯선 이웃들과 함께 소소한 일상을 살았던 추억의 장소이다. 내비게이션이 안내해주는 큰길가에는 맥도날드, 애플비, 쇼핑몰, 월마트, 베스킨라빈스가 휙휙 지나갔다.

집주인, 그리고 이웃들

숲이 우거진 지역의 주택가 더글라스 드라이브로 접어들었다. 세 번째 집이었다. 집에는 우리가 그날 온다는 이메일을 받은 집주인 부부가 기다리고 있었다. 사실 이 집에 살았던 주인은 중국에서 영어선생으로 일하고 있었고, 두 사람은 집의 관리자로서 주인의 부모였다. 하지만 그들이 아들에게 사준 집이므로 그들이 집주인이나 다를 바 없었다.

우리는 서로 인사를 나누었다. 에드는 경제학과 교수였고, 홀리는 주부였다. 연배가 비슷한 그들에게도 우리처럼 아들 하나 딸 하나가 있었다. 우리 부부보다 키가 작은 백인부부였다. 푸른 눈동자 안주인은 노랑머리를 허리 아래까지 길게 늘어뜨린 게 인상적이었다. 준과 함께하는 연구진의 수고로 계약했던 집이었으므로 그들은 준이 이곳에서 유학생으로 지냈던 것과 준이 대학교수라는 사실도 알고 있었다.

"우리 아들은 중국 국제학교 영어교사로 일하다가 중국여자와 결혼했답니다. 보시다시피 신접살림인지라 모두 새 물건들이에요."

홀리는 그렇게 말하면서 내가 미국문화에 서툰 자신의 중국인 며느리라도 된다는 듯 빗자루 사용법부터 소화기, 세탁기, 가스레인지, 싱크대 사용법을 설명해나갔다. 오랜 시간 동안의 여행에 지쳐 있었던 터라, 피곤이 밀려들었다. 그녀는 중간에 말을 끊을 기회조차 주지 않았다. 그녀는 소파를 가리키며 새 물건이라고 몇 번이나 강조했다. 에드는 아내에게 몇 번이나 그만 말하라고 제동을 걸었다. 하지만 홀리는 오븐 사용법을 세세하게 설명하기 시작했다. 에드는 하는 수 없다는 듯 소파에 팔짱을 끼고 앉아 빙그레 웃었다.

"우리 아들에게 편지가 오면, 차고 의자에 놓아두세요. 오며 가며 가지고 갈게요. 아 참, 우리 집은 걸어서 10분 거리에 있답니다."

그녀는 자신의 집 번지수를 알려주었고, 그들은 우리에 대한 첫 임무를 마치고 떠났다. 아래층에는 거실, 부엌, 벽난로, 세탁기가 있고, 이층에는 욕실과 방 세 개가 있었다. 집은 인터넷에서 본 그대로 아기자기한 꽃들이 심어진 앞뜰과 제법 큼지막한 뒤뜰이 있었다. 뒤뜰에는 사과나무, 커다란 윌로우 트리와 토마토, 상추, 고추가 자라고 있는 작은 채마밭도 있었다. 바로 이웃한 오른쪽 집 사이에는 무궁화나무가 일렬종대로 서 있었고, 왼쪽 집 사이에는 개나리가 심겨 있었다.

나는 앞뜰 흑장미 세 그루 앞에 앉아서 셀카를 찍었다. 그리고 아들과 딸에게 무사히 잘 도착했다고, 아름다운 집에 살게 됐다고, 방금 전에 찍은 사진을 첨부하여 메시지를 보냈다.

"헬로우~ 새로 이사 왔어요?"

소리가 나는 쪽으로 고개를 돌렸다. 오른쪽 집 백인남자가 활짝 웃으며 손을 흔들었다. 그 곁에서 갈색머리를 길게 늘어뜨린 그의 아내도 손을 흔들었다. 둘 다 키가 크고 훤칠했다.

"네. 한국에서 왔어요. 반가워요. 우리는 앞으로 일 년 동안 여기서 살 거예요."

"아, 한국인이군요. 만나서 반가워요. 난 드루라고 하고 내 아내는 다이애나예요."

준도 인사를 나누었다. 그들도 우리와 비슷한 연배 같았다. 드루는 드럼연주가 취미인 침례교회 목사라고 말했다.

"우리 아버지와 다이애나 아버지, 두 분 모두 한국전 참전용사였어요. 우리 아버지는 한국이 너무 추워서 견딜 수 없었다고 늘 말씀하셨어요."

"어머나! 그러셨군요. 정말 미안하고 고맙습니다."

1·4 후퇴를 겪었던 드루의 아버지는 전투병이었다. 푸른색 눈동자 다이애나도 거들었다.

"우리 아버지는 취사병이셨어요. 한국에서 돌아오고 나서도 푸줏간 일을 하셨지요. 6·25 때 식사준비를 하느라 다행히 전투에는 가담하지 않으셨지만 고생을 많이 하셨대요. 돌아가시기 전까지 관절염에 시달렸어요."

드루의 말이 이어졌다.

"우리 아버지는 전장의 참혹한 기억 때문에 불면증, 우울증에 시달렸어요. 아버지는 1차 세계대전, 2차 세계대전 모두 참전했거든요. 우리 어머니 로즈는 간호병으로 전장에 있다 아버지를 만나 결혼하고 나를 낳았답니다. 허허허."

두 분 아버지는 모두 몇 해 전에 돌아가셨다고 했다.

30년 전 그해 겨울, 쇼핑몰에 가면 휠체어에 앉은 중년의 남자들을 종종 보곤 했었다. 그들은 우리가 한국사람인 것을 어떻게 정확하게 알았는지 "6·25 때 이 팔 하나를 잃었지" 또는 휠체어를 일부러 우리 쪽으로 끌고 와 "한국전쟁에서 이 다리 하나가 날아가 버렸다네"라고 말하곤 했었다. 그때처럼 가슴이 먹먹해졌다.

"그랬었군요. 미안합니다. 감사합니다."

30년 전처럼 그날도 빚진 심정으로 그 말을 되풀이했다.

물, 마음을 엿보다

세입자가 지켜야 할 사항은 37가지나 되었다. 홀리는 집안의 모든 물건들이 새 것이라고 말했지만 그렇지가 않았다.

나는 홀리가 주고 간 물품목록의 상태를 일일이 체크해나갔다. 여기 생활이 끝날 때 현재 상태와 맞지 않는 물건은 배상해줘야 했다. 이 빠진 접시 다섯, 밥그릇 셋, 국그릇 셋과 낡은 진공청소기. 얼마나 오래된 것인지 진공청소기는 지나치게 무거웠고 밥알 하나도 쉽게 빨아들이지 못했다. 진공청소기 새 것으로 교체 요망. 방충망은 아래층 거실에 하나, 위층 서재에 하나가 없었다. 창문을 열면 모기나 파리가 그냥 들어왔기 때문에 아무리 더워도 창문을 열 수가 없었다. 거실 방충망 하나, 서재 방충망 하나 설치 요망. 그런데 거실 다른 창문에 붙어 있는 방충망 앞에는 소리가 엄청 시끄럽게 나는 고물 에어컨이 설치되어 있어 소음도 문제였고 바람 또한 통하지 않았다. 거실 에어컨 철거 요망. 낡은 다리미판은 덮개 천이 너덜거렸다. 다림질을 하면 다리미판에 붙어있는 먼지입자가 옷감에 도로 붙어버릴 것처럼 더러웠다. 다리미판 상태 불량.

사흘 뒤, 에드는 청년을 데리고 와서 낡은 에어컨을 끙끙거리며 떼어내 주었다. 그런데 방충망 설치는 해주지 않았다. 방충망이 없는 두 개의 창문을 열어젖히면 모기나 날벌레들이 사정없이 집 안으로 들어왔기 때문에 아무리 더워도 두 개의 커다란 창문을 닫고 지내야 했다. 거실에 있는 선풍기 한 대를 틀었으나 역부족이었다. 바깥은 시원했지만 집 안은 답답하고 무더웠다.

그래도 새로운 일상은 비행기가 매끄럽게 착륙하는 것처럼 순조로웠다. 준은 연구진들과 정기적인 모임을 가졌고, 교환교수들과도 만났다. 그리고 숲을 달리기도 했다. 나도 집 가까운 공원에서 산책을 하고, 도서관에서 빌려온 영화를 보거나 책을 읽으며 지냈다.

홀리는 금요일마다 시내 중심가에서 열리는 '농부 장터'에 가자고 했다. 근동에서 농사를 짓는 농부들이 시민들과 직거래를 하는 장터였다. 나는 그녀를 따라나섰다. 농부들이 직접 가꾼 싱싱한 갖가지 채소, 꽃, 빵, 계란, 닭들로 장터는 풍성했다. 아미시(Amish)들도 있었다.

스테이트 칼리지 근교 랭커스터에는 아미시 마을이 있다. 특이한 복장은 그들이 아미시임을 금방 알 수 있게 했다. 청교도 정신으로 사는 공동체, 아미시 마을은 지금도 문명의 이기를 마다한다. 마차를 타고 다니며 자연과 더불어 자급자족하며 살고 있다.

2006년 10월에 있었던 일은 유명하다. 학교에서 다섯 명의 아이들이 총을 맞고 목숨을 잃었다. 그런데 피해 아이들의 아버지들은 살인범을 용서하고 살인범의 미망인과 아이들에게 생활비와 장학금을 주었다. 사랑을 실천하며 삶을 이어왔던 500년 역사 아미시 공동체의 일화가 전 미국을 감동시켰던 사건이었다.

홀리는 아미시 농부에게 가서 나를 소개했다.

"한국에서 온 현서랍니다. 우리 아들 집에 세 들어 살고 있어요."

홀리와 나는 복숭아 한 보따리씩, 어른의 한 아름이 됨직한 수박 한 덩어리씩 샀다. 열 살쯤 되어 보이는 아미시 소년은 주차장까지 두 번이나 왔다 갔다 하면서 수박을 배달해 주었다. 중절모를 쓰고 멜빵바지를 입은 소년은 맨발이었다. 자연 속에서 자라는 소년의 뺨은 투명한 분홍빛이었다.

"현서, 우리 1달러씩 저 아이한테 팁으로 주자."

나는 1달러를 건네며 홀리도 한국 아낙과 다를 바 없다고 생각했다. 집까지 바래다준 홀리는 부엌까지 들어와 복숭아를 싱크대 선반 위에 나란히 올려놓고 "요렇게 해놔야 농익어 더 맛있어진다"라고 했다. 나는 홀리에게 고맙다는 말을 여러 번 했다.

여름철이라 비가 자주 많이 내렸다.

지붕 위로 떨어지는 빗소리가 정감 있게 들리던 아침이었다. 양철지붕 위로 떨어지는 빗방울 소리는 어린 시절 우리 집 양철지붕 위로 떨어지던 소리 같았다. 홈통으로 흘러내리는 물소리도 다정다감하게 들렸다. 부모님과 여섯 형제들이 살았던 고향집의 추억에 살포시 젖어들었다. 주택가 거리의 풍경이 내려다보이는 이층 창가 침대에 누워서 아늑한 빗소리를 듣고 있을 때였다.

딩동. 딩동. 딩동. 현관벨소리였다. 나는 잠옷 위에 가운을 얼른 걸치고 아래층으로 내려가 현관문을 열었다. 홀리였다. 그녀는 비를 맞은 채 현관 앞에 서 있었다.

"어머나! 웬일이세요? 얼른 집 안으로 들어오세요."

홀리는 고개를 가로저으며 다급하게 말했다.

"현서, 이리 좀 나와 봐요."

나는 무슨 큰일이라도 났는가 싶었다. 우산 쓸 생각도 하지 않은 채 홀리의 뒤를 종종걸음으로 따라갔다. 홀리가 멈춘 곳은 자동차도로와 집 앞 보도가 만나는 지점이었다.

경사진 차도 위쪽에서부터 세차게 흘러내려 오는 물살이 이 지점으로 죄다 모여들었다. 물살은 앞뜰로, 축대 아래로, 뒷마당으로 사정없이 흘러내려 가다가 마침내 뒤뜰에서 이어지는 작은 도랑으로 빠졌다. 온 동네 물이 몰려드는 집 앞길 어디쯤에 배수구가 있어야 할 것 같은데 보이지 않았다.

홀리가 걱정스럽게 말했다.

"바로 여기에다 배수구를 내달라고 구청에다 몇 번이나 진정을 넣었는데도 안 된대요. 우리더러 집 앞 보도를 돋우는 공사를 하래요. 여길 돋우면 물이 집으로 들어오는 걸 막을 수 있을 것 같아서 공사 견적을 떼 봤더니 너무 비싸더군요. 하지만 이젠 공사를 해야겠어요. 그런데 그때까지 샌드백을 여기에다 쌓아놓으면 물이 집으로 덜 흘러들어 올 것 같은데, 준이 수고를 좀 해줄 수 있을까요?"

준은 밖으로 나왔다. 길이 1미터 보료만 한 백에 모래가 가득 들어 있는 샌드백의 무게는 성인 남자가 들기에도 만만치 앉았다. 준은 차에서 샌드백을 내리고 있는 에드와 홀리를 도와 물살이 모이는 지점에 샌드백을 쌓았다.

우리는 스테이트 칼리지 생활 일주일 만에 자동차를 구입했다. 그런데 차가 차고로 들어가려면 반드시 문제의 보도를 통과해야만 했다.

준은 차가 차고로 수월하게 들락거릴 수 있을 만큼의 넓이를 확보하려고 샌드백과 샌드백 사이의 거리를 넓혀놓곤 했다. 그러면 어느새 홀리 부부는 샌드백과 샌드백 사이의 거리를 좁혀놓았다. 준이 넓혀놓으면 그들이 좁혀놓았고, 넓혀놓으면 또 좁혀놓았다. 샌드백으로 물줄기를 막는다고 해서 물이 집으로 흘러오는 것을 막을 수는 없었건만 그들은 그렇게 했다.

우리는 비의 양이 많던 어느 날에는 샌드백으로 보도를 꽉 막아보기도 했다. 세차게 내려오는 물은 이곳에서 모였고 어김없이 샌드백을 넘어 집으로 흘러들어갔다. 샌드백은 효용이 없어 보였다.

준은 자동차가 집으로 들어갈 때마다 샌드백을 밟지 않으려고 조심해야만 했고, 나는 샌드백이 차바퀴 밑에서 덜컹 밟힐 때마다 남편에 대한 연민인지 그들에 대한 연민인지 모를 안타까움이 물컹하게 고개를 쳐들었다.

마침내 준은 비가 걷히면 차가 자유롭게 드나들 수 있도록 샌드백을 옮겨놓고, 비가 내리면 샌드백을 다시 갖다 놓길 반복하던 일을 그만두었다. 비가 오나 햇볕이 나나 그들이 놓아둔 자리에 샌드백을 내버려뒀다. 준은 자동차가 들고날 때 힘든 것보다 무거운 샌드백을 옮겨놓는 일이 더 힘들었던 것이다.

비가 연일 쏟아졌다. 출근하다시피 매일 집에 왔던 홀리는 며칠 동안 나타나지 않았다. 우리는 차고와 축대를 찬찬히 살펴보는 버릇이 생겼다. 집은 오랜 세월 동안 물 문제를 겪어왔던 흔적이 역력했다. 축대와 건축물 사이가 깊이 패어 있어 어른 주먹만 한 틈이 생겨 있었고, 차고 바닥에도 균열이 많이 가 있었다.

—집에 무슨 문제가 생겼을 때는 즉시 주인에게 알릴 것. 만약 즉시 알리지 않아서 집에 손상이 갈 경우에는 계약금에서 손상된 부분을 수리하는 비용으로 제한다.

그건 계약조항 제14항이다.

그들에게 집의 형편이 어떠하다고 말하고 싶은 마음이 생기지 않았다. 그들이 집 손상의 정도를 모를 리 없을 것이다. 그런데 어쩌자고 차고 지붕에서 샌 물이 벽면을 타고 거실 문틈으로 줄줄 흘러내리는가. 설상가상으로 차고 지붕 안쪽은 축 처지기까지 했다. 나는 하는 수 없이 홀리에게 심각한 상황을 보고했다.

그다음 날, 인부 한 명이 와서 차고 지붕을 고치고 갔다.

작은방 누수와 wood

하늘이 양동이를 통째로 들이붓듯 폭우가 쏟아졌다. 나는 작은방에 발을 들여놓다가 소스라치게 놀랐다. 카펫이 축축하게 젖어 있었던 것이다.

홀리에게 보고했다. 그들이 페이퍼 타월을 하나씩 가지고 나타났을 때 우리는 이미 세 개째 페이퍼 타월로 카펫의 물기를 닦아내고 있었다.

"현서, 창문을 열어 두지는 않았나요?"

마치 작은방이 젖은 것은 창문을 열어놓은 내 탓이라고 힐문하는 듯한 말투였다. 나는 정색을 했다. "아니요." 방 안 공기가 어색해졌다. 네 사람은 말없이 페이퍼 타월로 카펫의 물기를 닦아내고 발로 꾹꾹 눌러댔다. 준이 먼저 침묵을 깨뜨렸다.

"며칠 전에 숲에서 달리기를 하다가 그만 길을 잃어버렸어요. 방향감각이 전혀 없더라고요. 겨우 숲을 빠져나오긴 했지만 다섯 시간 만에 가까스로 집에 올 수 있었어요. 정말 아찔하더라고요."

준은 자신의 실패담을 화제로 삼는 데는 선수다. 상대방은 전의를 상실하고 준의 소탈함에 말려 인간적인 관계가 서서히 회복되어간다. 그제야 에드의 얼굴에 웃음기가 배어나왔다. 홀리가 준에게 얼굴을 돌렸다.

"준, w~ood는 그렇게 발음하는 게 아니예요. 자아, 날 따라해 보세요. w~ood."

한국인이 미국인처럼 "w~ood"를 정확하게 발음하기는 쉽지 않다. 홀리는 파리를 부는 것처럼 입술을 오므리며 "w~ood"를 몇 번이나 시범 보였다. 나는 준이 민망스러워하지 않도록 홀리를 열심히 따라했다. 자음을 자음되게 모음을 모음되게 발음했다. 어려웠다.

"w~ood. w~ood. w~ood."

나는 그 순간 준의 미국인 연구팀원의 얼굴을 떠올렸다. "우리도 한국말을 잘 못해요"라며 오히려 우리를 안심시켜줬던 그들. 에드는 아내가 자랑스러운 듯 "영어교실이 됐다"라며 흐뭇한 웃음을 지었다.

"현서, 내가 영어를 잘 가르칠 수 있어요. 내게 배우지 않을래요?"

홀리는 내 영어회화 선생이 되고 싶다고도 말했다. 내가 홀리를 계속 만나게 된다면 일정 액수의 레슨비를 지불해야 할 것만 같았다. 내가 홀리를 따라 농부 장터에 가더라도 그녀는 본토인으로서 영어에 서툰 동양여자에게 영어를 가르치는 레슨시간으로 여길지도 모른다는 생각이 얼핏 스쳐 지나갔다.

다음 날, 지붕 고치는 사람이 사다리를 타고 올라갔다. 그는 양철지붕의 어느 지점에 구멍이 나서 물이 벽면을 타고 작은방으로 흘러들어 갔다고 설명했다. 그는 잠시 머뭇거리더니 "땜질을 해놨지만 임시방편이죠. 당분간은 괜찮겠지만 언제 다른 곳에 또 구멍이 날지도 모를 정도로 지붕이 낡아 있어요. 지붕을 제대로 손을 봐야 안심할 수 있죠. 주인한테도 똑같이 말해놨어요"라고 지붕의 상태를 일러주고서 갔다.

언제 또 천장에서 물이 샐지 모를 일이었다. 홀리와 드문드문 함께 갔던 금요일 농부 장터는 자연스레 가지 않게 됐다. 그녀에게서 농부 장터에 같이 가자는 문자메시지가 오면, 장을 봐놓은 게 많이 있다고 둘러대곤 했다. 대신 준과 함께 나들이 삼아 농부 장터를 구경하며 농산물을 사가지고 왔다. 하지만 준은 장터 구경에는 흥미가 없었다. 그의 관심은 자신의 연구와 숲 달리기에 집중되어 있었다. 나는 가끔 농부 장터에 혼자 갔다. 그래도 좋은 나날이었다.

전지가위, 선의가 잘려가다

어느 날, 문득 왼쪽 옆집과 울타리 구실을 하는 개나리들이 땅에서부터 타고 올라오는 억센 잡초에 짓눌려 흉한 모습으로 견디고 있는 걸 보았다. 왼쪽 집에는 흑인 톰의 가족이 살고 있었다. 이곳에 온 다음 날, 손을 흔들며 반갑다고 다가온 톰은 자신을 재즈연주가라고 소개했다.

준은 뒤뜰에 있는 헛간으로 가서 전지가위를 들고 나왔다. 준은 힘을 줘가며 잡초의 밑동을 잘라냈다. 그의 팔뚝에 푸르스름한 핏줄이 일어섰다. 잘려나가는 가지에서는 둔탁한 소리가 툭툭 들렸다.

"가위가 잘 안 들어. 날이 지독히 무디네."

짓눌려 있던 개나리가 비로소 기지개를 폈다. 준은 들쭉날쭉한 개나리의 키를 고르고 삐쭉삐쭉 옆으로 뻗은 가지를 쳐냈다. 개나리들은 보기 좋게 정리되었고 한결 산뜻해졌다.

그다음 날이었다. 홀리가 집을 둘러보러 왔다가 개나리 나무들을 이리저리 살펴보더니 아무런 말도 하지 않고 헛간에서 전지가위를 가지고 가버렸다. 고맙다는 인사말을 들으려고 했던 일이 아니었다.

—계약조항 제9항. 잔디 깎기, 잡초 뽑기, 정원 가꾸기는 세입자가 해야 하는 일이다.

"나무 손질은 안 해도 되네. 우리 할 일이 하나 덜어졌지, 뭘."

준은 스스로에게 위로하듯 겸연쩍게 웃었다. 하지만 타인의 어두운 마음을 엿보게 되는 일은 괴로움에 발을 들여놓았다는 의미일 터였다. 섭섭했다.

다음 날이었다. 두 사람은 연장통을 들고 차에서 내렸다. 그들은 하루가 멀다 하고 이 집을 들락거리며 뭔가를 고치곤 했다. 그들은 우리에게 신경 쓰지 말라고 했지만 우리는 일상을 조금씩 침범당하지 않을 수 없었다. 에드는 톱으로 양철통을 잘라냈고, 홀리가 가리키는 대로 설치했다.

그들이 작업을 마치고 돌아간 뒤, 살피러 나온 나는 그만 아연실색하고 말았다. 지붕에서 흘러내리는 낙숫물이 왼쪽 집, 톰의 정원으로 흘러가도록 홈통을 길게 설치해 놓고 간 것이다. 톰은 이번 주말에 있을 그의 연주에 우리를 초대했다. 우리는 토요일 오후에 그의 재즈연주를 감상하며 즐거운 시간을 가질 것이다. 톰은 이 지역에서 꽤 유명세를 타고 있는 재즈연주가였다.

나는 홀리의 그 어떤 제안에도 순종하는 에드가 이상스럽게 여겨졌다. 낙숫물이 연일 옆집 정원을 뒤덮었지만 옆집에서는 가타부타 아무런 말도 없었다. 어쩌다 톰과 마주쳤지만, 그는 오른손을 번쩍 치켜들고 반갑다는 듯 손을 흔들었다. 세대를 통해 이어지는 백인들의 횡포에 익숙한 걸까. 그깟 일은 문제 축에도 낄 수 없다는 듯 톰 가족은 신경조차 쓰지 않았다.

보도공사, 재공사, 생각 다시하기

비가 세차게 내리고 있었다. 경사진 길을 따라 위쪽에서 아래쪽으로 흘러내려가는 물줄기가 사정없이 우리 집으로 쏟아져 들어오고 있었다. 준이 창밖을 물끄러미 바라보며 말했다.

"물이 집 쪽으로 들어오지 못하도록 막으려면 보도를 충분하게 돋워줘야 문제가 해결될 게야."

준은 에드에게 몇 번이나 그렇게 말했다. 그러나 보도공사는 제대로 되지 못했다.

공사하는 날, 인부들 세 명이 왔다. 작업을 마친 인부 중 한 명이 내게 말했다.

"콘크리트는 일주일이면 다 말라요. 일주일 뒤에 비닐덮개를 걷어내시면 돼요."

그러나 홀리는 일주일이 지나도 비닐을 걷어내지 않았다. 우리 차는 차고에 들어오지 못하고 길거리에 세워져 있어야만 했다. 워낙 한적한 주택가에다 가로등마저 없는 도로여서 차들이 쌩쌩 달리다가 우리 차를 박지나 않을까 살짝 걱정스런 마음이 들었다.

3주가 지나서야 보도비닐은 걷혔다. 그들은 불편을 끼쳐 미안하다는 한마디 인사조차 없었다.

이 집에서 사는 건 유학시절에 비하면 엄청난 호사였다. 대학교에서 제공하는 아파트는 일반 아파트보다 훨씬 쌌다. 대학교 측이 군인들의 막사를 개조하여 대학원생 가족에게 제공한 목조건물은 비록 17평 아파트였지만 안전했다. 가스비며 난방비가 월세에 포함되었으므로 겨울에는 따뜻했고 여름에는 시원하게 지낼 수 있었다. 그때에 비하면 월세 1500불은 지금도 우리에겐 무리한 액수이다. 물론 대도시의 이만한 주택에 비한다면 반값밖에 되지 않은 액수였다. 나는 월세가 비싸다고 했다. 하지만 준은 나에 대한 배려로 이 집을 구했다. 나는 어떤 일이 있더라도 불편한 기색을 드러내지 않으려고 노력해야만 했다. 집을 계약하는 데에는 세입자가 지켜야 하는 의무조항만 있는 것인가? 세입자의 권리는 어디까지인가? 나는 중국에 있는 그들의 아들을 생각했다. 그를 내 아들처럼 생각하자 견뎌내지 못할 일은 없을 듯했다.

준은 아메리카 드림을 꿈꾸던 시절에 유학 왔다. 광부들과 간호원들은 독일로 갔고, 산업역군은 중동으로 갔으며, 인재

들은 속속 유학길에 올랐다. 젊은 시절부터 시름시름 앓으셨던 시아버님을 대신하여 준은 총각 때부터 집안을 책임지는 효자 노릇을 해왔다. 등록금 전액 면제에 학부생을 가르치는 조교비가 확보되어 유학길에 오를 수 있었던 준. 자비로 유학 오거나, 대학교에서 나오는 지원금이 끊어지거나, 지도교수가 갑자기 돌아가시는 통에 살 길이 막막해진 유학생들에 비한다면, 우리는 운이 좋았다.

준의 은사 폴 커틀러 교수님은 사람 좋은 유태계 미국인이었다. 구순(九旬)의 은사와 이순(耳順)의 제자는 아버지와 아들같이 지내왔다. 커틀러 교수님이 경주에서 개최된 세계학회에 사모님과 함께 왔을 때 준은 예를 다해 두 분을 모시고 통도사며 제주도 등지를 구경시켜드렸다. 공동 연구를 해왔던 연구진과도 끈끈한 정을 나누며 지금까지 왔다.

비가 많이 내렸다. 나는 조간신문을 가지러 현관문을 열고 바깥으로 나갔다가 깜짝 놀랄 만한 광경에 입이 딱 벌어졌다. 보도공사 이전에는 그나마 물살이 흘러갔었는데, 새롭게 공사한 보도는 아예 커다란 연못이 되어 출렁거리고 있었다. 차도와 인접한 보도 부분만 약간 돋웠을 뿐이었던 보도공사로 오히려 더 많은 물을 가둔 꼴이 되고 말았다. 공사는 실패였다.

마침 간밤의 많은 비가 걱정이 되었는지 에드의 차가 집 앞에서 멈췄다. 밖으로 나온 두 사람은 뒤통수를 맞은 결과 앞에서 할 말을 잃고 한숨만 푹푹 내쉬었다.

9월 말, 월세를 지불했다. 재공사를 했다. 인부들은 콘크리트를 깨부수고 나서 그만 바닥에 벌렁 드러누워 버렸다. 공사를 마친 인부가 퀭한 눈으로 말했다.

"우리가 처음부터 이렇게 하자고 했지만 견적이 많이 나왔다고 이 집주인이 자기 말대로 해달라고 하더라고요. 애초에 이렇게 공사를 했더라면 돈 고생, 사람 고생 하지 않았을 겁니다. 일주일 뒤에 덮은 비닐을 걷어내시고 이젠 편하게 지내세요."

파란색 비닐은 일주일 만에 걷혔다. 그런데 그들 부부는 멀쩡해진 직사각형 보도에 막대기 네 개를 꽂아놓고 노란색 테이프로 둘러쳤다. "주의." 통행금지였다. 우리 차는 또다시 차고에 들어올 수 없게 되었고, 차는 길가에 세워졌다.

주민들도 그 앞에서 걸음을 멈추었다. 보도를 걸어오다가 찻길에 내려서 3미터쯤 걷다가 다시 보도 위로 올라와야 했다. 어떤 이들은 아예 반대편 보도로 걸었다. 개를 데리고 산책길을 나선 이웃은 이 사각지대를 둘러가곤 했다. 둘러가는 길은 우리 집 앞뜰이었다. 이제 이 길에 익숙한 사람들은 저 멀리부터 건너편 도로로 올라섰다가 우리 집 하나를 건너뛴 다음에 다시 이쪽 보도로 걸었다. 생각하기 나름일 터이겠지만, 모두들 기다리는 것 같았다. 노란색 '주의' 테이프가 당장 걷히길. 그러나 그렇게 쉬워 보이는 일조차도 그들에게는 결코 쉬운 일이 아니었는가 보다. 이번에는 제대로 된 보도공사를 마쳤지만, 그래서 통행이 가능하게 된 지 일주일을 훨씬 넘기고 있지만, 아직도 공사 중이었다. 샌드백으로 시작하여 이전의 부실공사 기간까지, 우리는 달포를 넘기는 불편을 겪고 있었던 것이다.

가을은 점점 깊어갔다. 나무가 많은 주택가인지라 낙엽이 수북수북 쌓여갔다. 이층 창가에서 내려다보이는 길 반대편 집은 약간 비탈진 곳에 서 있었다. 아이들은 셋이었다. 아빠는 썰매를 들고 나와 아이들을 태우고 낙엽 위를 미끄럼 탔다. 까르르 까르르. 한 폭의 수채화 같은 정겨운 모습이었다.

어느 날, 차도 건너편의 바로 그 다정다감한 아빠가 우리 집을 노크했다. 저녁을 치우고 텔레비전을 보고 있을 때였다. 내가 현관문을 열었을 때 회색 눈동자와 갈색 머리의 그가 근엄한 얼굴로 용건을 말했다.

"당신 집 앞 보도에 세워둔 저 막대기를 왜 치우지 않으세요? 저것 때문에 이웃들이 불편해하는 걸 모르고 계십니까?"

나는 얼굴이 화끈 달아올랐다. 머뭇거리는데 준이 나섰다.

"미안합니다. 그런데 누구보다 가장 불편을 겪고 있는 사람이 바로 우리입니다. 사실, 우리는 이 집 주인이 아닙니다. 세입자이지요. 우리가 몇 번이나 이 테이프를 걷어달라고 주인에게 요청해도 주인은 들어주지 않습니다. 죄송합니다."

"아! 그렇군요. 저는 그런 줄도 모르고 오히려 미안하게 됐습니다. 제가 무례했습니다. 그런데 죄송합니다만, 제가 항의를 했다고 집주인에게 전해주시겠습니까?"

"네. 그러지요."

중저음의 키가 큰 그가 돌아가고, 나는 홀리에게 문자메시지를 보냈다.

이웃집에서 '주의' 테이프를 걷어내 달라고 합니다.

이내 전화가 걸려왔다. 홀리에게 문자를 보냈는데, 전화는 에드가 했다. 화가 난 듯 무뚝뚝하고 높은 톤의 목소리였다.

"어떤 사람이 그런 말을 했소?"

"길 건너편 집 아저씨가 조금 전에 찾아왔었어요."

그다음 날, 홀리는 직사각형으로 묶어둔 4개 막대기의 노란색 줄에서 이웃들이 다닐 수 있는 보도 쪽의 줄 2개만 풀었다. 그랬으니 집 안으로 들어오는 줄 2개는 여전히 묶여진 채였다. 자동차는 아직도 차고로 들이지 못한 채로 길가에 세워두어야 했다. 홀리는 입버릇처럼 "미안하다"고 했지만 우리는 그 말의 진정성을 전혀 믿지 않았다.

나는 매주 수요일에는 도서관 영어모임에 나갔다. 칠순이 넘은 두 할머니 아이렌과 헬렌이 자원봉사로 중국, 터키, 가나, 동독, 러시아, 그리스 등지에서 온 외국인들에게 영어를 가르쳤다. 온 가족, 부부, 여자 혼자, 남자 혼자 오기도 했다. 낯선 환경에서 외국인들이 살아가는 데 궁금한 점이나 불편함을 서로 말하면서 도움이나 정보를 주고받았다. 나는 물 문제가 진행되는 상황을 그들에게 털어놓곤 했다.

"이제 물 문제는 다 해결되었어요?"

"아니요."

요즘 상황을 진지하게 들은 그들은 고개를 끄덕이거나 한숨을 내쉬었다. 헬렌 선생님이 고개를 절레절레 흔들었다.

"집주인이 상식선에서 너무 벗어났어. 집에 대한 지나친 애착처럼 보이는데…… 그건 자신의 아들에 대한 집착과 비슷한 거야."

아들 집에 대한 지나친 애착. 그럴 수도 있으리라. 하지만 나는 그들에게서 집에 대한 애착과는 또 다른 그 무엇을 내면의 눈으로 보고 있었다. 마음 밑바닥에 찜찜하게 눌러 붙어 있는 그 무엇이 뇌리에서 쉽사리 떠나지 않았다.

낙엽, 관계가 벌어지다

가을이 깊어갔다. 단풍이 곱게 물든 경관은 운치 있었으나 떨어지는 낙엽을 긁어모아 내다버리는 일은 노동이었다. 특히 뒤뜰의 커다란 윌로우 트리에서는 엄청난 양의 낙엽이 떨어졌다. 한국에서는 경험하지 못했던 일이어서 즐거운 노동으로 여겼다. 낙엽을 그대로 내버려두면 잔디가 상하기 때문에 낙엽은 제때제때 긁어내야 했다. 주위는 온통 나무였다. 낙엽을 쇠갈고리로 긁어 못 쓰게 된 침대보에 담아 집 앞 보도 곁에 쌓아두길 여러 번 해야만 일주일 치 낙엽 치우는 일이 끝났다.

일주일에 한 번씩 아주 커다란 낙엽 수거차가 굵은 흡입기로 쌓아둔 나뭇잎을 빨아들였다. 나뭇가지들은 즉석에서 굵은 가루로 만들어냈다. 준은 낙엽 수거차가 올 때마다 인부들이 작업을 수월하게 할 수 있도록 길가에 세워둔 자동차를 이동해야만 했다.

그날도 홀리는 일과처럼 집에 들렀다. 준은 마침 낙엽 수거차가 왔으므로 홀리에게 말했다.

"재공사가 끝난 지도 한 달이 됐잖소. 당장 테이프를 치워주시오. 우리 차가 차고로 들어갈 수 있도록 말이오. 우체국 차, 쓰레기 수거차, 보시다시피 이렇게 낙엽 수거차가 올 때마다 이리저리 차를 옮겨줘야 하잖소."

홀리는 도리질을 하며 지금 못 하겠다고 말했다. 당장이라도 그 자리에서 테이프를 풀고 막대기를 뽑아버리면 간단히 해결될 문제였다. 재공사를 한 지도 한 달, 콘크리트는 단단하게 굳어 있을 것이다. 홀리는 준의 말에 귀 기울이지 않았다. 홀리가 뭐라고 말했지만 준은 그녀의 말을 중간에 끊어버리고 낮은 목소리로 엄히 꾸짖었다.

"우리가 얼마나 불편한지 아시오? 우리의 불편을 이해하시오? 당신들이 하는 일이 도대체 얼마나 부끄러운 줄 아시오? 좀 부끄러워할 줄 아시오!"

준은 집 안으로 들어와 버렸다. 홀리는 준을 설득해보려고 벨을 눌러댔다. 문도 쾅쾅 두들겼다. 아무리 그랬어도 안에서는 무응답이었다.

그 일은, 나의 도서관 영어회화 모임시간 동안 벌어졌다. 수요일이었다.

그날 저녁, 에드는 준에게 이메일을 보냈다.

> 친애하는 준,
>
> 당신이 내 마누라한테 심하게 굴어서 섭섭합니다.
>
> 우리는 언어 장벽과 문화 장벽을 크게 느끼고 있습니다.

준이 내게 에드의 이메일을 읽어줬다.

문제의 근거가 언어 장벽과 문화 장벽이라고? 홀리는 자신의 말이라면 고분고분 들어주는 미국남자 에드와는 대조적인 한국남자 준을 이해할 수 없을까? 그렇게 대화하길 애원했는데도 무응답이었던 준에게 무안함과 수치감만 느꼈을까? 언어는 말로만 하는 게 아니다. 눈빛과 행동도 언어이다. 그건 말 이상의 의미를 지니기도 한다.

이성으로 모든 일을 처리해나가는 준은 계약 전에 집에 이런 저런 문제가 있다는 사실과 이 문제를 해결하기 위해서는 당분간 불편하겠지만 여러 가지 공사를 해야 한다고 미리 양해를 구하지 않았던 그들을 어이없어했다. 이건 인간 존엄성에 대한 문제였다.

준과 에드의 관계는 싸늘해졌다.

겨울, 벽난로와 장작개비

10월 말이다. 월세를 냈다. 그들은 낡은 지붕을 비로소 고쳤다. 그들은 우리가 내는 집세로 집의 문제를 하나씩 해결해나갔다.

매달 말에 월세를 내는 것은 계약조항 제3항이다. 만약 제

날짜에 월세를 내지 않을 경우, 가산금으로 하루에 30불을 계산하여 집주인에게 줘야 한다.

10월 말이지만 영락없이 한겨울 같은 날씨였다. 눈발이 흩날렸다. 홀리는 집 안 온도를 10도 이상으로 유지해 달라고 했다. 그래야만 수도관 동파가 되지 않는다고. 우리는 일상 때문에 다시 이야기를 주고받아야 하는 관계이다. 미국은 공해를 줄이는 차원에서 전기난방이 대세였지만, 홀리는 벽난로의 미덕을 알려주었다. 미국에서는 전기세를 절약하는 방법으로 아직도 벽난로를 사용하는 사람이 많다.

"집을 따뜻하게 데울 정도면 매달 전기세가 500불쯤 나와요. 벽난로를 사용하면 난방비를 엄청 줄일 수 있어요. 우리 아들이 숲에서 베어 온 장작더미가 마당에 있어요."

그러니 땔나무를 자신들한테서 사서 쓰라는 말이었다. 비닐로 덮여 있는 장작더미는 그저 여덟 살 정도 소년의 키 높이였고 부피는 한 아름 정도였다. 나중에야 알게 되었지만 장작더미는 한 코드가 채 안 되는 양이었다.

—계약조항 제 15항: 세입자가 쓸 땔나무는 주인이 제공한다. 바깥에 쌓아둔 땔나무는 시세에 맞게 세입자가 주인에게 구입해야 할 것이며, 더 많이 필요할 경우에는 죽은 지 6개월이 지난 잘 마른 오크나무나 히커리나무로 구입해야만 한다. 세입자는 집 안으로 들여놓는 땔나무와 바깥에 있는 땔나무

의 양을 주인에게 보고해야 한다. 만약 보고한 양보다 집 안으로 들여놓은 땔나무의 양이 더 많을 경우에는 그 차액을 주인에게 지불해야 하며, 만약 틀리게 계산이 될 경우에는 계약금에서 제한다.

몇 번이나 세입자 조항을 읽었다. 준은 사이가 소원해진 에드와 어떤 일로도 더 이상 의견을 나누고 싶어 하지 않았다. 그들 앞에서 장작 개수를 일일이 세고 장작 값을 흥정하는 상상을 하니 마음부터 고단해졌다. 나무장사한테서 땔감을 구입하는 쪽이 훨씬 나은 선택일 듯싶었다.

11월이 되었다. 얼음눈이 싸락싸락 내렸다. 거실에 있는 벽난로가 우리를 유혹했다. 한국에서 인터넷으로 이 집을 둘러보았을 때 가장 마음에 든 것이 바로 벽난로였다. 운치가 있으리라. 탁탁 소리를 내며 타는 장작이 불꽃을 일으키며 활활 타오르는 모습을 보고 싶었다. 고구마나 감자를 구워 먹으면 좋으리라.

기온이 하루가 다르게 뚝뚝 떨어졌다. 나는 인터넷 창에 'Firewood'를 검색했다. 가까운 지역에서부터 땔나무 장수를 찾아나갔다. 잘 마른 오크나무와 히커리나무 팝니다. 바로 그것이면 되는 것이다. 나는 소개된 전화번호로 전화를 걸어 우선 반 코드의 땔나무를 주문했다.

나무장수는 약속대로 이튿날 아침 9시에 치아교정기를 낀

십대 딸과 함께 포터에 장작을 싣고 왔다. 생글생글 웃는 딸은 장갑을 끼고 아빠를 도왔다. 차고 한 쪽에 장작이 차곡차곡 쌓였다. 중키에 순박하게 생긴 나무장수가 허스키한 목소리로 말했다.

"정말 잘 구입하시는 거예요. 오크예요. 아주 좋은 나무이지요. 나는 해마다 나무를 팔아요. 단골손님들도 아주 많답니다. 다 쓰고 나면 또 연락 주세요."

그의 사춘기 딸도 고개를 끄덕였다. 귀여운 소녀는 생긋이 웃으며 손을 흔들며 떠났다.

벽난로를 사용한 지 일주일째 되던 날, 에드가 준에게 이메일을 보냈다.

친애하는 준,

우리는 숲 전문가에게 당신이 구입한 땔나무에 대한 감정을 의뢰했소. 숲 전문가는 당신이 사용하고 있는 나무가 완전히 마르지 않은 나무라고 했소. Green이라는 것이오. Green에서는 석탄산이 발생하여 벽난로뿐만 아니라 가옥에 심각한 손상을 줄 수도 있고 화재의 우려도 있소.

계약사항에는 분명히 죽은 지 6개월이 지난 오크나무나 히커리 나무 종류라야 한다고 되어 있을 것이오. 그런 나무를 Well Season이라고 하오.

당신이 구입한 땔나무를 더 이상 사용하지 마시오.

에드의 일방적인 명령형 통고였다. 우리 몰래 에드가 차고에서 장작개비를 가지고 가서 숲 전문가에게 감정을 의뢰했다고? 아무래도 진실게임이 필요해 보였다.

준은 에드에게 답신을 보냈다.

친애하는 에드,

당신이 내게 보낸 이메일을 보고 나는 세입자의 권한에 대해 한동안 깊이 생각하게 됐소. 나는 이 집에 온 뒤부터 자주 불편함을 겪어왔소. 이 불편함은 세입자를 고려하지 않은 집주인의 횡포와 무례함으로부터 연유한 것이라고 생각하오. 당신들은 늘 일방통행이었소. 세입자에게는 의무사항만 있는 게 아니오. 권리도 있소.

이 집을 알선해주었던 연구진들은 내게 계약을 파기하고 다른 곳으로 이사하기를 권하고 있소. 사실 나도 그렇게 하고 싶소. 만약 이 불편함과 굴욕이 계속 된다면 나는 심각하게 이사를 고려해볼 생각이오. 더 이상 무례한 행동은 삼가길 바라오.

나는 우리가 구입한 장작나무가 Green인지 Well Season인지 진실을 가려낼 것이오.

진실게임, 그리고 침묵

세 번, 네 번, 다섯 번, 여섯 번의 신호음 끝에 소녀의 앳된 음성이 나왔다.

"헬로오~"

"일주일 전에 나무를 샀던 사람인데, 아빠 좀 바꿔줄래?"

"네. 아빠는 지금 밖에서 나무를 자르고 계신데 잠깐 기다려주실래요?"

소녀의 수줍어하는 목소리는 나의 마음을 쓰레기더미에서 건져 올렸다. 잠시 뒤 나무장수의 허스키한 목소리가 들렸다.

"여보세요."

"지난주에 땔나무를 구입했던 한국사람이에요."

"네."

"문제가 생겨서 전화를 드렸어요. 집주인이 숲 전문가에게 땔나무 감정을 의뢰했더니 숲 전문가가 Green이라고 했대요. 그래서 우리더러 땔나무를 쓰지 말라고 하네요."

상대방의 목소리가 순식간에 높아졌다.

"뭐라고요? 내 이제껏 이십 년 동안 나무장사를 했어도 이런 소린 처음 들어요. 나는 Well Seasoning 되지 않은 나무는 절대 안 팔아요."

그는 당당하게 말했다. 나는 홀리에게 나무장수의 핸드폰 번호를 알려주었다. 언어소통에 지장이 없을 백인들끼리니까 대화는 잘될 것이다.

이제는 땔나무가 문제다. 여름 한철 내내 물이 문제였는데, 겨울에는 불이 문제다.

아들과 딸이 번갈아가면서 안부전화를 했다. 12시간의 시차가 있는 한국은 지금 한밤중이다. 나는 아이들이 편한 잠을 자도록 그저 재미있게 잘 지내고 있다고 말했다.

거실에 앉아 있으니 동네가 참 조용하다. 아이들은 밖에서는 좀처럼 놀지 않았다. 30년 전에는 한겨울에도 아이들이 밖으로 나와 눈싸움을 하며 놀았다. 적막하다. 9·11 테러 이후로 미국에는 두려움이 도사리고 있다고 했다. 세월이 많이 흘러갔는데 변하지 않은 것이 어디 있으랴. 한동안 그들 부부도 침묵했다.

어느 날, 나는 나무장수한테 전화를 걸었다.

"저…… 더글라스 드라이브에 사는 한국인이에요. 우리 집주인이 전화했던가요?"

"네. 전화했더라고요. 그런데 그 여자가 멀쩡한 나무를 자꾸만 Green이라고 우기더라고요. 그 여자 완전 미쳤어요. 내가 숲 전문가를 데리고 오라고 했어요. 난 Well Seasoning

되지 않은 나무는 절대 안 팔아요. 내참. 살다보니 별일을 다 겪네요."

나무장수는 다시금 흥분했다. 우리는 나무장수한테서 구입한 땔나무를 다 소비했던 터라, 다시 한 코드의 땔나무를 그 나무장수한테서 구입했다. 그리고 이제는 집주인의 간섭에서 벗어나는가 싶었다. 그런데 그건 섣부른 판단이었다.

홀리에게서 전화가 왔다. 이 집에서 내가 빌려 쓰고 있는 모든 제품 설명서를 클리어파일로 묶어놓은 가이드북을 보여 달라고 했다. 브리태니커 사전보다 더 두꺼운 가이드북에는 '벽난로 사용설명서'도 있다. 우리 부부가 읽고 또 읽으며 조심스레 사용 방법을 익힌 사용설명서이다.

이 상황에 왜 그녀가 그것이 필요할까? 나는 생각했다. 그들이 꼼꼼하게 챙겨서 읽어야 할 이유는 자명하다. 무슨 흠을 잡으려고? 나는 망설이다 예의바르게 대답했다.

"남편에게 물어보고 대답해 주겠습니다."

준은 홀리의 요구에 어이없어했다.

준은 연구실로 갔고, 나 혼자 있는 시간에 홀리가 문을 두들기기도 했다. 홀리에게서 문자가 오기도 했다. 차고 탁자 위에 가이드북을 올려놓으면 찾으러 가겠다고도 했다.

나는 침묵했다.

12월 초였다. 홀리에게서 전화가 왔다.

"벽난로에 이상이 생겼는지 검사하려고 해요. 내일 아침에 벽난로 전문가가 집으로 갈 거예요."

아무렴. 그 일도 계약조항 제25항이었다. 만약 집주인이 검사할 일이 생겼을 경우, 세입자는 언제라도 응해야 한다. 특히 땔나무가 Green일 경우에는 벽난로에 손상이 가므로 세입자는 변상할 책임이 있으며, 그 액수만큼 계약금에서 제한다.

다음 날 아침 10시, 벽난로 전문가가 왔다. 50대 중반쯤 순박해 보이는 중키의 백인남자였다. 갈색 눈동자, 갈색 머리의 남자가 준에게 악수를 청했다.

"만나서 반갑습니다. 나는 피터입니다."

남자는 내게도 손을 내밀었다. 남자의 손은 억세고 거칠었다. 일을 많이 하면서 살아가는 손임에 틀림없었다.

피터는 먼저 벽난로를 꼼꼼히 살폈다. 그리고는 밖으로 나가 사다리를 타고 지붕 위로 올라갔다. 연통을 살피고 돌아온 그는 활짝 웃으며 말했다.

"아주 잘 사용하셨네요. 연통도 벽난로도 상태가 아주 양호합니다. 제가 집주인한테 잘 보고하겠습니다."

다행스러웠다. 선량한 눈빛의 피터에게 치즈 케이크와 둥굴레차를 대접했다.

"저는 아미시입니다. 랭커스터에 살고 있지요. 나는 농사꾼, 목수, 땜장이랍니다. 집을 짓기도 하고, 이렇게 벽난로를 손봐주는 일도 하지요. 나는 아들과 함께 무슨 일이든 다 할 수 있어요. 벽난로 환기통에 이상이 있으면 그을음을 닦아주기도 하고 교체하는 일도 해요."

우리 부부는 피터가 내는 스무고개를 맞추었고, 두 손으로 하는 간단한 마술을 배우기도 했다. 긴긴 겨울밤, 두 손만으로도 훌륭한 놀이를 할 수 있는 아미시 사람들의 놀이문화를 접할 수 있는 기회의 시간이었다.

에드와 홀리는 드디어 긴 침묵의 시간에 들어갔다. 아무것도 나쁠 게 없었다. 만약 이런 일이 없었더라면 랭커스터 아미시 사람과 어떻게 그렇게 가깝게 앉아 재미있는 이야기를 도란도란 나눌 수 있었겠는가. 그리고 어떻게 그렇게 순박한 나무장수의 분노에 찬 떨리는 목소리를 들을 수 있었겠는가.

나는 한 달에 한 번 도서관 독서회에도 참석했다. 그곳에서 일간지에 정기적으로 칼럼을 쓰는 프리랜서 빅토리아를 만났다. 금발의 푸른 눈동자 빅토리아는 러시아계 미국인으로 유방암 투병의 힘들었던 시간을 이야기했다. 우리는 간간이 점심시간에 '파너라' 식당에서 치킨 샐러드를 먹었다. 나는 주로 듣는 편이었고, 그녀는 내가 편하다며 많은 이야기를 들려주었다. 빅토리아는 부모와 형제 그리고 남편에 대해서 말했다. 빅토리아는 우리 옆집에 사는 드루 목사님을 잘 알고 있었다. 드럼이 취미여서 동호회 사람들과 드루 목사님 집에서 드럼을 치기도 한다고 했다. 또한 그녀는 재즈연주가 톰도 잘 알고 있었다. 그녀와 나는 크리스마스에 열린 톰의 연주회에 함께 가기도 했다.

눈이 많이 왔다. 겨울이 긴 데다 눈이 많이 오는 스테이트 칼리지. 집 앞 도로는 거주자가 치워야 했다.

눈을 삽으로 치우고 있는데, 홀리와 에드를 만났다. 동네를 한 바퀴 살펴보는 일은 그 부부의 일상이었다. 서로에게 어색한 시간이 흘러갔다.

그렇게 한 해가 저물어가고 있었다.

봄, 마음의 빗장이 풀리다

새해가 되었다. 1월 22일에는 펜실바니아 주립대학교 미식축구팀의 전설적인 감독 조 파테노의 죽음이 있었다. 지병인 폐암으로 86세의 일기를 마친 큰 별. 그의 명성은 부하 코치 샌더스키 사건으로 하루아침에 나락으로 떨어지고 말았다. 샌더스키 사건은 전 미국을 분노의 도가니로 몰았다. 샌더스키는 15년 동안 자선이란 미명 아래 10여 명의 소년들을 자신의 집 지하실이나 선수 샤워실에서 성폭행했다. 어느새 청년으로 성장한 피해자들은 법정에서 흐느끼며 증언했다. 그리고 11월, 대학교 이사회가 샌더스키의 범죄 행위를 알고도 묵인하거나 은폐하려 했던 이유로 풋볼 감독 조 파테노와 대학교 총장을 해고했다. 그때까지 파테노는 너무나 오랫동안 권좌를 누렸다.

나는 지역일간지 〈센터 데일리 타임〉에서 드루 목사님의 칼럼을 읽었다. 칼럼의 제목은 '죄가 문 앞에 엎드려 있도다'였다. 그는 샌더스키 사건을 개탄했다. 창세기 4장 7절의 말씀을 인용하면서 우리 마음에 죄가 들어오지 못하도록 막아야 한다고 했다. "죄야, 내게서 떠나라"를 외치면서 죄를 다스리면서 살아야 한다고 썼다. 그의 칼럼은 그의 지하실에서 울려나오는 드럼소리 같았다. 둥둥 둥둥둥.

어느 토요일 신문에서는 옆집 재즈연주가 톰이 시민홀에서 신년 재즈콘서트를 연다는 기사를 읽기도 했다.

어느새 봄이 가까이 다가오고 있었다. 눈은 녹아내리고 새들은 나뭇가지 이쪽저쪽으로 포르릉 날아다니며 지지배배 지저귀었다.

에드가 어느 날 준에게 이메일을 보냈다.

친애하는 준,

밖에 쌓아둔 땔나무를 공짜로 써도 좋소.

준은 씨익 웃었다. 그러려면 한 해를 더 보내든지, 겨울이 한 계절 더 길어야 할 것이다. 그의 아들은 우리가 떠날 때쯤 중국에서 돌아온다고 했다. 저 장작더미의 주인은 처음부터 그의 아들이었다. 아들은 자신이 손으로 수고해서 얻은 장작더미를 올겨울에 쓰게 될 것이다.

어느 날에는 홀리가 진공청소기를 새 것으로 사 오기도 했다. 새 진공청소기로 청소한 날, 투명한 플라스틱 통에는 먼지가 한가득 빨려들었다. 이 집에 점점 정들어갔다. 하루하루를 지나면서 남은 날들에 대한 기대감과 동시에 내 생애 마지막 장기 외국거주에 대한 아쉬움이 진해져갔다.

작별하는 시간

비록 아래층 거실과 위층 서재에 방충망 하나가 없어 한국으로 돌아오기 전까지 실내는 답답하고 무더웠지만 그래도 괜찮았다.

8월. 돌아가야 할 날짜가 며칠 남지 않았다. 이 집의 진짜 주인부부가 중국에서 돌아왔다고 했다.

에드는 우리가 한국으로 돌아가기 전날 중국 음식집으로 불러 저녁식사를 대접했다. 에드 2세 부부를 포함하여 여섯 사람이 둥근 테이블에 앉았다. 중국 전통음악이 흘렀고, 현미밥이 나오는 중국요리는 풍성했으며 맛도 훌륭했다. 에드 2세는 제 아버지와 엄마 얼굴을 골고루 닮아 있었다. 중국인 며느리는 꼭 한국인처럼 생겼다. 같은 동양인이어서 그런지 잘 웃었으며 말도 곧잘 했다.

홀리가 집 계약금 1500불 전액을 새 지폐로 준비하여 준에게 내밀었다. 나는 홀리를 꼭 안아주었다. '농부 장터'에 따라가지 않아서 미안했다고 말하고 싶었다. 하지만 쑥스러워 웃기만 했다. 준은 에드를 앞질러 음식값 100불을 지불했다. 에드가 준의 손을 힘껏 잡고 흔들었다.

봉선화 꽃물
들이는 시간

나는 9년 전에 설립된 요양원에 취직한 신출내기 사회복지사이다.

요양원에서는 27명의 직원이 35명의 어르신에게 양질의 서비스를 제공하고 있다. 꽤 좋은 평판이 나 있는 요양원이다. 심리학 박사인 원장을 비롯하여 간호사, 간호조무사, 작업치료사, 영양사, 조리원, 위생원, 요양보호사가 각기 맡은 일을 정교하게 맞물려진 톱니바퀴처럼 충실하게 수행하고 있다.

요즘 나는 내비게이션을 사용하지 않고도 출퇴근길을 오고 갈 수 있다. 처음에는 내비게이션이 가리키는 대로 따라가다 이곳 요양원으로 오는 지름길을 여러 번 놓치곤 했다. 지난주에 배정된 사회복무요원은 아직까지 오는 요령을 터득하지 못하겠다고 했다. 어제는 갓 입소한 어르신의 보호자가 여기까지 오는 길을 제대로 찾지 못해 진땀을 뺐다고도 말했다.

요양원 오는 길이 그토록 어려운 이유는, 재작년에 개통된 인근 인터체인지 때문이었다. 내비게이션이 큰 도로를 가리키는 게 문제였다. 국도를 이용하는 길로 설정을 해 놓았어도, 자동차 도로를 가다가 갑자기 국도를 안내하고, 그러다가 아주 작은 길을 가르쳐 주기도 했다. 때문에 빙 둘러올 때가 많았다. 자동차가 겨우 한 대 지나갈 수 있는 소로로 갈 때는 진땀이 바짝바짝 날 지경이었다. 조금만 길을 벗어나면 논바닥으로 떨어질 것만 같았던 아찔한 순간도 있었다.

지난달에는 어느 정도 익숙해진 거라 생각하고 잠깐 방심한 사이, 국도로 가다 갑자기 나타난 인터체인지로 들어서는 바람에 고속도로에 접어들고 말았다. 그날 나는 유턴 지점이 없는 고속도로를 달리다가 출발 지점으로 되돌아가기도 했다. 집에서 출발하여 1시간 만에 도착할 수 있는 요양원을 무려 3시간이 걸려서야 겨우 도착할 수 있었다.

도저히 안 되겠어서 내비게이션을 업데이트해도 실수는 여전했다. 하지만 이제 나는 내비게이션에 속지 않는다. 내비가 왼쪽으로 가라고 해도, 핸들을 오른쪽으로 틀어서 가장 빠른 길로 갈 수 있다. 선천적으로 길눈이 어두운 나도, 두 달 만에 길을 완전하게 익혔다.

요양원 직원들은 그 두 어르신을 '해'와 '달'이라고 부른다. 이금수 할아버지를 '해'라고 했고, 박달금 할머니를 '달'이라고 했다. 기록을 살펴보면 이금수 어르신과 박달금 어르신은 두 해 전에 한 달 차이로 입소했고, 이금수 어르신이 박달금 어르신보다 먼저 입소한 것으로 되어 있다.

8월 초입이다. 연일 무더운 날이다. 어제 한차례 쏟아진 소나기 덕분인지, 오늘은 어제보다 기온이 누그러져 있는 것 같다.

예배 시간이 끝나고, 산책을 원하는 어르신들을 모시고 요양원 뜰로 나왔다. 움직이기를 싫어하는 분들이 많다 보니 오늘은 다섯 분이다.

달은 걷지 못해 휠체어를 타시고, 해는 치매이지만 걸으실 수 있다. 오늘도 해가 달의 휠체어를 밀고 가신다.

특히 두 분은 해바라기하러 나가는 시간을 기다리신다. 산책 시간이나 식사 시간이나 작업치료 시간에는 사회복지사도 돕고 있다.

어르신들에게 미리 준비해 둔 봉선화 꽃물 그릇을 사기 접시에 담아 드렸다. 뜰에 있는 봉선화를 따다 백반을 섞어 찧어서 준비해 두었던 것이다. 어르신 다섯 분들은 어린아이처럼 웃으신다.

정자에 걸터앉은 해가 휠체어 앉은 달의 손가락 하나하나에 봉선화 짓이긴 것을 얹고 꽃잎을 싸고 동여매 주신다. 치매환자이니 당연히 동작이 어설프다. 나는 꼼꼼하게 다시 동여매 드렸다. 간간이 서로 마주보며 웃으셨다.

파킨슨병을 앓고 있는 달은 오른손과 오른다리를 떨면서도, 해의 열 손가락에 꽃물을 들여 주신다.

내가 거의 도와드렸지만.

두 분이 봉선화 꽃물을 들이시면서 불분명하게 나누는 말들은 모두 엇박자와 같은 대화이다.

달이 해에게 말을 툭 던지신다.

"화르륵 타오르는 그걸 사랑이라고 믿었대니까요. 금방 피식 꺼져버릴 걸 말이유."

해는 이맛살을 잔뜩 찌푸리셨다. 가끔 체머리를 흔들기도 하셨다.

"집으로 데리고 왔어야 했제."

달이 고개를 절레절레 흔드셨다.

"지 잘못이지유."

해가 혀를 차며 말씀하신다.

"내 잘못이제."

두 분의 대화는 늘 그랬다. 해독하기 힘든 암호 같다. 그동안 귀동냥했던, 달이 하신 말씀을 이어 보면 대충 이렇다.

화르륵 타오르는 사랑을 따라 가출했다. 그 사랑은 타다가 금방 꺼져 버렸다. 혼자 기구하게 살다가 늙어 버렸다. 아무런 연고자 없이 지금 이곳 요양원에서 산다.

해도 끊긴 기억의 필름을 드문드문 이어나가셨다. 연결해 보면 대충 이렇다.

아내가 바람을 피웠다. 처음에는 달래도 보았다가, 그래도 안 되어 폭력을 휘둘렀다. 아내와 정을 통한 그자식을 보자 눈이 뒤집혔다. 죽이고 싶도록 미웠다. 아내도 무지 미웠다. 그래도 아내를 쫓아내지 말았어야 했다. 이혼을 하자고 재판을 걸었던 이유는, 아내 마음을 돌이켜보고 싶었기 때문이었다. 아내는 그 통에 나를 영영 떠나 버리고 말았다.

해와 달은 그 모든 게 자신의 잘못이었다고 말씀하시는 거다.

치매 같지 않은 멀쩡한 표정으로 해가 달에게 물어보신다.
"자식은 있수?"
"낳지 않았어요. 아기가 없어요. 그런데 영감은요?"

해는 고개를 흔들며 허허허 웃으신다.

"어르신, 기억 안 나세요? 아드님과 따님이 있잖아요?"

나는 해에게 기억을 일깨워 드렸다. 해는 고개를 절레절레 흔드셨다.

"읎어. 하나도 읎어."

나는 치매환자가 저렇게 똑똑한 표정을 지을 수 있을까? 라는 생각을 했다. 어떤 어르신은 자식들이 나타나길 바라지 않는다. 자식들에게 짐이 되지 않기 위해서라도 자식이 없다고 부정하신다. 유령 자식은 당연히 연락두절이다.

해와 달은 아무 연고도 없는 기초생활수급자이다.

유령 자식을 둔 해, 뇌에서 도파민 호르몬이 분비되지 않아 파킨슨병에 걸린 달이다.

저녁식사 시간이 끝나고, 다섯 어르신의 손톱을 풀어 드렸다.

봉선화 꽃물이 곱게 물들여졌다.

해와 달은 고운 주홍빛으로 물든 손톱을 들여다보다가, 서로 마주보며 해맑게 웃으신다. 더 이상 실수가 없을 해와 달의 늦은 사랑에 꽃동산 요양원은 환하다.

긴 복도가 있는 미술관

샛노란 단풍들은 무더기로 쏟아지는 가을볕에 반사되어 분수처럼 흩어졌다. 융단 같은 잔디밭을 가로질러 미술관 안으로 들어섰다. 실내장식이 잘 된 고급 찻집의 커피 한 잔 값과 맞먹는 관람료를 냈다. 주말이 되면 이곳으로 와 얼쩡거리며 시간을 때우는 일이 일상이 된 지 이미 오래다. 그러나 오늘도 미술관 회전문을 열고 들어서면 이곳이 매번 처음인 양 낯설어진다.

마침 미리 예약한 스무 명쯤 되는 일행이 큐레이터가 작품 설명하는 말을 듣고 있는 중이어서, 그들 일행의 뒤꽁무니에 슬그머니 끼어들었다. 불가해한 작품들을 관람하는 일은 백화점에서 어슬렁거리며 눈요기하는 윈도쇼핑처럼 돼 버릴 때가 많았다. 늘상 그렇긴 하지만 미술관 내부를 장식하고 있는 난해한 작품들은, 내가 그 곁으로 선뜻 다가서는 것을 용납하지 않겠다는 몸짓으로 완강하게 나를 내려다보고 있다.

너 같은 인간은 이해할 수 없어. 저리 가.

마음이 통하지 않았던 양모와 그의 아들처럼 초현실주의 작품들은 냉혹할 정도로 차가운 느낌이 들었다.

큐레이터는 나와 비슷한 나이로 보이는 남자였다. 그는 은은한 회색빛 싱글 슈트 차림으로, 설명을 듣지 않고서는 도무지 이해할 수 없는 기호 같은 프랑스 초현실주의 작가의 작품에 대해 열심히 설명하고 있었다. 나는 그의 설명을 들어보려고 단체 관람 온 일행 곁으로 바싹 다가섰다.

그 물체의 형태는 얼핏 보면 바다에 살고 있는, 일곱 개의 발가락을 가진 연체동물을 연상시켰다. 오징어나 가오리 같은 형상이 아닐까, 하고 생각했다. 큐레이터는 작가인 프랑스와즈 까르동이 마치 하나님 같은 입장이 되어 이런 형상을 만들어 놓고 작품명에 'Nobodaddy'라고 붙였다고 설명했다. 서너 번 이상 형체를 바꿔 환상의 세계로 표출해 내지 않으면 안 될 정도로 현실이 지리멸렬하고 너저분하기 짝이 없어서일까. 〈현대 작가전〉이란 타이틀이 붙은 작품치고 큐레이터의 설명 없이 내 스스로 해독할 수 있는 작품이 거의 없었다. 얼핏 보면 광기 어린 방법으로 세상사를 모방할 수밖에 없는 예술가의 절망이 느껴졌다. 그럼에도 불구하고 현실의 모방을 포기하지 못하는 예술가의 열망 또한 'Nobodaddy' 속에서 꿈틀거리는 듯했다.

일행 중 한 명이 나를 흘낏 흘겨봤다. 양모의 얼굴과 흡사한 그녀의 얼굴에 흠칫 놀랐다.

미안합니다. 양해해 주십시오.

그런 뜻이 포함된 눈빛으로 그녀를 보았다. 머리끝부터 발끝까지 어느 한 군데 허술한 곳이 없어 보이는 중년여인은 초라한 내 입성을 확인이라도 하듯, 곱지 않은 눈길로 꼼꼼히 나를 훑어 내려갔다. 내 눈빛이 절실하지 못했거나, 그런 뜻을 충분히 표현해 내는 능력이 부족했나 보다.

이 세상 누구에게도 사랑다운 사랑을 받아본 적이 없는 자격지심 섞인 해석일지 모르겠으나, 그녀가 나를 달가워하지 않는 것을 느낄 수 있었다. 모두 여자들인 일행은 한눈에 보기에도 중산층 이상은 되어 보였다. 버석 마른 얼굴에 화장기 없는 내 얼굴과는 대조적으로 정성 들여 화장을 하고 파스텔 풍의 고급스런 옷을 입었다. 그들만이 불란서 초현실주의 고급 회화를 이해할 수 있을 거라는 자만심을 잔뜩 풍겨대고 있는 듯했다. 마치 양모의 수십 년 전 모습을 보는 듯했다.

내가 아무리 십년 전에 입던 싸구려 투피스를 지금껏 입고 있을망정, 그녀가 싸늘한 눈초리로 나의 아래 위를 계속 훑어 내는 것을 견딜 만큼 나는 쿨한 편이 못된다.

일행과 조금씩 간격을 넓혀가자, 편안한 마음이 되었다. 앞서 걷던 중년의 그녀가 흘낏 뒤돌아봤다. 큐레이터는 전시실마다 프랑스 젊은 작가 한 명씩의 작품을 전시했으니 아홉 명의 개인전을 관람하는 거나 다름없다고 말하고 있는 듯했다. 그의 목소리는 일행과 나와의 거리가 멀어질수록 개미만하게 들려왔다.

나는 지금 미술관의 긴 복도를 나 혼자 천천히 걷고 있다. 파브리스 이베르의 개인전은 전시실이 따로 없었다. 복도를 이용한 설치미술이었다. 형편없이 얽히고설킨 낚싯줄에는 수많은 의복들과 구두와 가발과 모자가 걸려 있었다. 왜 이런 것들을 이렇게 설치할 수밖에 없었을까. 그 작품은 뱀의 허물, 혹은 우리들의 육체에서 영혼이 멀리 떠나간 허깨비의 환영처럼 보였다. 뇌수에 곧바로 꽂힌 찰나의 생각이었다. 섬뜩했다.

이 미술관에서 아주 가끔씩 방금처럼 내 속의 무엇인가가 꿈틀거렸다. 지금처럼 미술관 복도를 지나면서 내 속의 무엇인가가 용틀임하고 있다. 나는 꿈틀거리는 내부의 반란을 어쩌지 못해 몸을 떨었다.

속에서 용암처럼 뜨겁게 흘러나오는 용틀임에 내 몸을 맡기고 싶은 충동이 일었다. 낚싯줄에 걸려 있는 옷들 중에는 바지와 원피스, 티셔츠와 아동복, 가발과 가죽 부츠 같은 소품도 있었다.

내 머릿속에서는 그 옷들을 입을 만한 얼굴들이 순식간에 스쳐 지나갔다. 아주 어렸을 적부터 나는 공상을 즐기며 얼마나 행복해했던가. 나는 아주 숙련된 조련사처럼 마음만 먹으면 때와 장소를 구애받지 않고서 어떤 역할이든 만들 수 있었다. 두꺼운 종이에 수도 없이 그리고 오려 낸 갖가지 모양의 인형과 인형 옷들. 그것들을 방바닥에 주욱 일렬로 늘어놓고 인형에게 말을 시키고 역할을 주고 행동을 하게 만들다 보면, 나에게 인정 없던 양모와 그의 아들에 대한 섭섭했던 일들도 곧잘 잊어버리곤 했다. 나를 지탱해 나가는 힘이 돼 주는 상상을 미술관의 기다란 복도에서 여유롭게 할 수 있었다!

위아래가 붙어 있는 멜빵 청바지와 흰색 티셔츠. 나는 완고한 교장 선생님 때문에 한 번도 그런 옷을 입고 꼬마 아이들을 가르치지 못했다. 만일 그렇게 생긴 편한 옷을 입으면 아이들을 훨씬 잘 가르칠 수 있을 것이다. 미술관 복도에 거미줄처럼 얽히고설킨 줄에 걸려 있는 아동복 중에서 우리 반 아이들에게 입힐 옷들을 머릿속에서 골라내고 있었다. 어느새 내 머릿속에서는 현실이 그대로 복원되어 되살아나고 있었다.

견디기 힘들었지만 억눌려져 잠잠하게 있던 기억들이 기회가 왔다 싶었던지 활화산같이 터져 나와 내 머릿속을 어지럽히고 있다.

흙먼지가 풀풀 날리는 초등학교 교정에는 키 큰 플라타너스 몇 그루와 채송화와 다알리아가 아기자기하게 어우러져 심겨 있다. 너무 오래 되어 망가진 놀이기구도 드문드문 보인다. 유난히 무더웠던 여름이었다. 살인적인 더위가 겨우 한풀 꺾이는가 싶었는데 잦은 홍수에다, 위력이 대단한 태풍까지 겹쳐 천재지변이 끊임없던 지독한 여름이었다.

네모난 플라스틱 상자 속에서 오글오글 들어 있는 생물체들을 발견했다. 처음에는 새끼 쥐들인 줄 알고 소름이 오싹 돋아났다. 하지만 그것들은 눈도 채 뜨지 못한 다섯 마리의 고양이들이었다.

정해진 궤도를 달리는 답답한 열차 안 같은 내 삶에서 일탈하고 싶어, 여름방학 중에는 중국 여행 계획까지 세워 놓았다. 일직하는 날 하루를 제외하고는 학교에 나오게 될 것 같지 않았으므로 방학식 날 아이들이 어질러 놓은 사물함을 깨끗하게 정리해 두었다. 스케치북 두 상자, 독후감을 쓴 원고지 두 상자, 풀과 칼과 크레파스 따위 한 상자, 미처 쓰지 못한 깨끗한 걸레를 담은 한 상자, 이렇게 여섯 개의 네모난 플라스틱 상자를 교실 뒤편 앵글 위에 가지런히 올려놓았다.

그런데 개학하던 날, 그 여섯 상자 중 깨끗한 걸레를 담은 상자 속에 아기 고양이들이 누워 있었던 것이다.

학교 근처를 배회하던 배불뚝이 어미 길고양이는 방학을 맞은 조용한 교실을 발견했을 테고, 마침 우리 교실의 깨끗하고 폭신한 걸레더미 위에서 안심하고 몸을 풀었을 것이다. 앵글의 맨 아래칸에 놓여 있는 플라스틱 상자는 교실 바닥과 맞닿아 있어, 고양이 가족에게는 안전했다. 그러다 개학날이 되자 갑자기 와글대는 아이들의 소란스러움에 놀란 어미 고양이는 새끼들을 미처 데리고 나올 겨를도 없이 도망갔을 것이다. 아직 눈도 제대로 뜨지 못하는 아기 짐승들은 호기심 어린 눈빛을 가진 우리 반 아이들에게 빵 둘러싸였다. 나는 워낙 동물을 싫어한다. 얼핏 보면 쥐처럼 생긴 작은 고양이들에게 접근도 하지 못하고 찡그리고 서 있었다. 이갈이를 하느라 앞니 두 개가 빠진 재민이가 나를 제치고 한 손으로 고양이를 반짝 집어 올리며 소리쳤다.

"선생님, 이상한 고양이들뿐이에요."

정말 그랬다. 귀 한쪽이 없는 고양이, 등이 굽은 고양이, 발톱이 두 개씩만 있는 고양이, 꼬리가 없는 고양이, 항문이 밖으로 쑥 삐져나온 고양이. 다섯 마리 모두 장애가 있었다.

"누구 고양이 키우고 싶은 사람 없니?"

코흘리개 일학년인 아이들이라도 온전하지 못한 것은 싫

은 모양이다. 아무도 선뜻 나서지 않았다. 아이들을 꼬드길 수밖에 없었다. 아이들의 심리는 무턱대고 착한 아이와 나쁜 아이 양쪽 모두를 거부한다는 걸 알고 있다. 나 스스로에게조차 자신이 없는 말이긴 하지만 착한 아이의 덕목을 알려주려 애썼다.

"어미 없는 고양이를 돌봐 주는 일은 착한 일이야. 복 받는 일이란다."

"제가 한 마리 가져갈게요."

제일 먼저 나선 재민이가 등이 굽은 고양이를 살며시 안아 들었다. 입학식 날에 만났던 마흔 중반의 재민이 엄마는, 아들이 가져온 고양이라면 흔쾌히 키워 줄 사람이었다. 결혼한 지 십년 만에 어렵게 아이를 가졌다고 했던가. 임신 삼 개월째에 정기검진을 받으러 병원에 갔는데 태아가 죽었으니 인공유산을 해야 한다는 의사의 말은 사형선고나 다름 아니었다고 했다. 트럭 운전수인 남편과 단칸방에 살았던 그때의 형편으로 급한 수술비 십만 원을 마련하지 못해 병원에 가지 않고 버텼는데 만삭이 다 되어 나온 아이는 건강한 아이였다고 했다. 입학식 때도 "하마터면 우리 재민이는 그때 죽을 뻔했어요"라고 말했다.

이 세상을 보기도 전에 목숨을 빼앗길 뻔했던 재민이는 신발주머니에 딸린 바깥 포켓에 고양이를 집어넣었다. 그 공간마저도 넉넉한, 작은 아기 고양이가 파르르 떨고 있다.

"고양이 가져갈 사람 더 없니? 가져가는 아이는 착한 아이란다. 복 받을 거야."

착함의 덕목을 다시 한 번 억지로 일깨웠다.

내 경우 인생이란, 논리적으로 이해할 수 없는 부분이 너무나 많은 것이었다. 인생의 길이가 터없이 짧다고 생각했다. 그러기에 나는 때에 따라, 필요에 따라, 내 편한 대로, 될수록 쉽고 간단하게 적당형으로 살고 싶었다. 그러나 그건 어디까지나 환상적인 나의 꿈이자 소망일 뿐, 사실상 나는 전혀 그렇게 살고 있지 못하다. 한 가지 확실한 소망은 인생이 무한해서 한 오십 년은 자유분방하게 살아 보고, 한 오십 년은 정승같이 살아 보고, 한 오십 년은 부지런하게 살아 보고, 한 오십년은 나태하게 살아 보고 싶다. 그럴 수만 있다면 지금의 내 현실을 전혀 서러워하지 않을 자신이 있다. 한 오십 년 뒤에는 지금과 다르게 살 수 있다는 사실은 나에게 말할 수 없는 위안이 돼 줄 테니까.

아픈 고양이를 키우면 착한 아이도 되고 복도 받을 거라는 선생님의 꼬드김에 넘어간 또 다른 세 명의 아이들이 한꺼번에 앞으로 나와 한 마리씩 가져갔다. 지독히 순진하거나, 호기심이 많거나, 어지간히 동물을 좋아하는 아이들이다. 교실 한쪽 구석에 자리 잡은 수족관의 금붕어 먹이 당번을 도맡아

했던 아이도 끼어 있다.

그래도 한 마리가 남았다. 아무도 가져가지 않는 한 마리는 벌건 항문이 삐죽이 나온데다 자세히 들여다보면 하얀 창자까지 나온 고양이였다. 그래서 퍽 징그럽다는 느낌이 든다. 그렇지만 인물만큼은 그 다섯 중에서 가장 반반하게 생긴 놈이었다. 다른 것들은 얼굴과 온몸이 모두 쥐색인데 이것만은 진회색 털에 하얀 줄무늬가 있어 집고양이처럼 귀족 같은 멋을 풍기고 있었다. 이것도 누가 가져가 주었으면, 하는 바람으로 재촉하는 내 눈길에도 불구하고, 가져가겠노라고 나서는 아이가 더 이상 없었다.

그 고양이는 내 차지가 되고 말았다. 아이들을 집으로 모두 돌려보낸 뒤, 나는 깨끗한 걸레에다 고양이를 싼 후에 핸드백에다 조심스레 넣었다. 고양이가 질식이라도 하면 어쩌나 싶어 핸드백을 살짝 열어 두었다.

빨간불이 들어와 신호등이 바뀌길 기다리고 서 있는데, 횡단보도 옆에 서 있는 녹색 쓰레기통이 눈에 들어왔다. 나는 녹색 쓰레기통에 고양이를 쑤셔 넣고 싶었다. 지금의 내 처지도 어쩌지 못하는데 장애 있는 고양이라니. 내겐 어느 때고 좋은 일이 일어나지 않는다는 사실이 나를 화나게 만들었다. 동물을 싫어하는 나는 강아지가 따라와도 도망갈 정도이다. 더구나 고양이라면 좋지 못한 선입견까지 갖고 있다. 어릴 적 보았던 괴기스런 영화에서 불길한 재앙을 가져다 주곤 했던 고양이의 이미지가 고스란히 머리 속에 저장되어 있다. 항문까지 삐죽이 빠져나온 고양이를 키워 보겠다고 가지고 오다니, 후회막심이었다. 그러나, 나는 명색이 선생님이지 않은가. 나의 아이들 앞에서 잘 키워 한 달 후에 다시 가져와서 비교해 보자는 호기스런 제안만 하지 않았어도 동물병원을 찾을 생각은 아예 하지 않았을 것이다.

나는 버스 정류소 부근에 동물 병원이 없나, 살펴보았다. 평소 그쪽으로는 워낙 무관심했기 때문에 눈여겨봐 둔 동물병원이 한 군데도 없었다. 벌레 먹은 플라타너스 나뭇잎 뒤로 가려져 보일 듯 말 듯한 간판 하나를 발견했다. 이상하게 생긴 간판이었다. 개의 얼굴과 사람의 얼굴이 나란히 그려진 간판이었다. 동동인(動同人) 병원. 이름도 낯설었다.

병원 문을 밀치고 들어서자 냄새가 역하게 풍겼다. 나는 여느 병원과 다름없는 크레졸 같은 소독약 냄새라고 간단히 결론지었다. 냄새가 진료실 방방마다 세차게 뿜어져 나오는 병원에 들어서자 간호사가 상냥한 미소를 지었다. 여기가 동물병원인지 확인해 볼 틈도 주지 않고 그녀는 나를 곧장 진료실 안으로 안내했다. 고개를 갸웃거리며 머뭇거리던 내가 핸드백에서 고양이를 꺼내자 하늘빛 가운을 입은 의사가 나를 보고 약간 웃으며 물어봤다.

"동물을 무척 사랑하시는가 보죠?"

나는 고개를 갸웃거리며 "여기가 동물병원이 맞긴 맞나요?"라고 물었다.

"네. 맞습니다."

그가 또렷하게 대꾸하면서 내 고양이를 살폈다.

"창자와 항문이 밖으로 나왔군요. 이건 간단한 수술로 치료가 가능합니다." 내가 대답했다. "수술해 주세요."

"이 고양이는 먹이를 많이 먹지 않았겠군요. 그렇죠?"

"네. 어미가 새끼를 놔두고 도망가 버리고 말았어요."

"고양이가 잠을 자지 않고 보채겠네요. 그런가요?"

나는 "잘 모르겠는데요"라고 우물거렸다.

"고양이 주인이 그것도 모르면서 고양이를 키워요? 이 고양이는 젖을 먹지 못하겠죠. 그렇죠?"라고 의사는 나무라는 투로 물었지만 그의 얼굴에는 웃음이 떠나지 않았다. 나는 고개를 가로저으며 "아직 먹을 것을 주지 못했는데요"라고 대답했다.

"어미젖이 없는 고양이는 아기들이 먹는 분유를 소독된 물에 타서 먹여야 해요. 그리고 설사가 멎을 때까지 우유에 지사제를 조금씩 풀어서 같이 먹여야 해요. 먹일 자신 있죠?"

"네."

"설사를 계속하면 항문이 밖으로 더 나옵니다. 항문이 밖으로 나오면 고통스럽지요. 고통스럽다 보면 음식을 제대로 먹지 못해요. 그런 악순환이 계속 되면 고양이는 결국 아까운 목숨을 잃게 됩니다. 사람의 치질을 생각해 보세요. 치질 환자들이 얼마나 고통스러워합니까? 사람은 아프다는 말이라도 할 수 있지만 동물들은 말도 하지 못하니 딱하죠."

그는 쉴 새 없이 말하면서도 아주 능숙한 솜씨로 고양이에게 마취약을 주사했다. 병원문에 들어섰을 때 강하게 풍기던 그 냄새가 진료실을 가득 메워 나갔다. 그게 동물용 마취제인 틸레타민 냄새라는 것을 약병에 써진 글씨를 읽고서야 비로소 알았다. 생쥐처럼 작은 고양이는 마취제를 맞고는 죽은 듯이 축 늘어졌다. 의사는 고양이의 창자와 항문을 몸 안으로 밀어 넣고 있었다. 소독된 고무장갑을 그가 벗었다. 수술이 끝난 것이다.

"댁의 건강은 어떠신가요?"라고 의사가 뜬금없이 질문했다.

"건강이라니요?" 나는 눈을 휘둥그레 뜨고 되물었다.

"건강에 약간 이상이 있다는 생각이 들면 곧장 의사에게 가서 상의를 해야 큰 탈이 나지 않습니다. 이쪽으로 와서 진찰대 위에 누워 보시죠."

나는 깜짝 놀라며 물었다. "여기가 동물병원이 아니라 사람 병원인가요?"

"네. 그렇습니다"라고 의사가 대답했다.

"조금 전에는 동물병원이라고 하셨잖아요?"

"아, 그렇게 놀란 표정 짓지 마십시오. 저는 양쪽 모두 전문의입니다. 우리 병원 간판 못 보셨어요?"

개의 얼굴과 사람의 얼굴이 나란히 그려진 간판이 떠올랐다. 아까는 미처 보지 못했던 인간용 진찰대 위에 그가 누워 보라고 했다. 이상한 호기심이 일렁거렸다.

마흔이 넘은 노처녀의 호기심이 이상한 병원의 진찰대 위에서 갑자기 발동되다니. 예상하지도 못했던 엉뚱한 일이었다.

"우선, 아, 입을 크게 벌려 보십시오."

그가 하라는 대로 했다. 흰 가운의 권위에 복종하는 느낌이 들었다. 그가 내 입안을 꼼꼼하게 들여다보는 사이에 나는 나의 가족을 생각했다. 내게 있어서 가족은 무엇인가. 나의 가족은 이 병원의 의사만큼이라도 내게 상냥했던가. 생전 처음인 나에게 그는 지나칠 만큼 친절하지 않은가.

아버지의 불륜의 대상, 애첩이었던 친모는 백일을 갓 넘긴 나를 빼앗긴 이후로 행방불명이 되고 말았으니 내가 친모의 사랑을 모르는 것은 당연했다. 나를 설거지할 그릇처럼 귀찮게 여겼던 양모와, 단순한 술꾼 정도를 넘어 알콜중독자였던 아버지는 한 지붕 아래에서 같이 밥을 먹고 잠을 잔다는 사실이 믿어지지 않을 만큼 서로를 증오했다. 이복오빠는 그 모든 원인이 바로 나 때문이라며 오며가며 머리를 쥐어박았다. 남의 것을 빼앗는 자는 모든 것을 잃는다. 친모는 나의 행복뿐만 아니라 이 집안의 행복을 빼앗은 죄를 지었다.

나는 친모의 죗값을 치러야만 집에서 살 수 있었으므로 묵묵히 견디기로 다짐했다. 다만 조건이 있었다. 나 스스로 독립할 때까지였다. 남의 것을 빼앗지 않고도 잘 살 수는 없을까. 나는 그렇게 살고 싶었다. 나의 이상이 너무 높았던 것일까. 독신으로 살 생각은 추호도 없는 나를 믿어 주고 너그럽게 봐주고 자신의 아내로 맞아 주려는 남자가 아직도 없다.

다행스럽게도 성장기의 나는 사랑에는 지독한 결핍 환자였으나 물질 면에서는 그렇지 않았다. 건축 경기가 한참 붐을 타던 시절, 집 장사를 하셨던 아버지를 둔 덕으로 어렸을 적 나는 가난이란 걸 몰랐다. 그 덕에 나는 지독한 포만감에 시달려 사춘기 동안에는 늘 과체중이었고, 이복오빠는 스스로 운신하기도 힘들 정도의 비만이었다. 양모가 우리에게 쉴 틈도 주지 않고 계속 무엇인가를 먹여 댔기 때문이었다. 양모는 특히 중국집에서 배달된 기름진 음식을 곧잘 먹였다.

나와 이복오빠가 다투었던 이유는 갖가지였다. 치약을 맨 끝부터 짰느냐 중간부터 짰느냐, 세수한 뒤에 세면대를 닦았느냐 안 닦았느냐, 밥그릇 밑바닥에 밥 한 숟가락을 왜 남겨

두었느냐. 진지한 화젯거리는 없었다. 먹는 것, 입는 것, 쓰는 것에만 온통 신경을 곤두세우곤 했다. 패자는 늘 나였다.

무조건 잘못했으며 무조건 안 그러겠다고 말해야 했던 내 입장이 서러워 훌쩍거리기라도 하면, 첩의 딸을 받아들인 이후로 싸움 귀신이 옴 붙어 콩가루 집안이 되어 간다는 양모의 매서운 입 매질이 퍼부어졌다. 나보다 열 살이나 많은 이복오빠는 낄낄거렸다. 빼어난 미인이었다던 내 친모를 내가 얼마쯤 빼닮았던지, 사춘기에 막 접어들었을 때부터 양모의 히스테리가 심각했다. 나를 마치 자신의 연적이라도 되듯 대했다. 내가 대학을 졸업하던 그해, 아버지가 중병으로 쓰러져 돌아가실 그 무렵에는 양모의 히스테리가 극을 향해 돌진했다. 광기에 가득 찬 그녀의 주먹 안에, 나도 인식하지 못하는 사이에 뽑혀져 나온 불쌍한 내 가느다란 머리카락이 한 모숨이나 들어 있던 적도 몇 번이었던가.

나는 그들이 언제 돌연 별것 아닌 일로 나를 궁지에 몰아넣을지 몰라 악몽과 불안에 시달렸다. 사춘기 무렵부터 낌새가 이상해지면 더듬이를 곧추세우는 습관이 생겼다.

대학 시절 첫 미팅 때 만났던 그 남학생은 이 세상에 나만큼 사랑한 여자가 없었다고 했다. 군대 갔다 온 뒤에도 나를 따라다니다, 제풀에 지쳐 몹시 노여워하면서 헤어지자고 말했다. 헤어지기 전날까지 나는 그 아이의 무서울 정도로 희

번덕거리는 표정을 한 번도 보지 못했는데, 그날 그는 승냥이가 약한 날짐승을 잡아먹을 때 저런 표정을 짓지 않을까 싶을 정도로 무섭게 말했다.

"나는 너의 날카로운 통찰력을 사랑했어. 그런데 넌 똑똑한 아이가 아니야. 날 싫어하는 걸 보면 그래. 너의 날카로움은 통찰력이 아니라 바로 신경질적인 자아야."

그는 뭘 모르면서 잘도 아는 체했다.

"가정교육이 글러먹었어. 건강한 자아는 예방주사와 같아서 우리들에게 새로운 환경에 대해 유연하고도 적절하게 대처할 수 있는 면역력을 높여 줘. 너란 아이는 불행히도 건강한 자아를 가지지 못했어. 신경질적인 자아를 가지고 있지. 내 말은, 너는 본능과 환경을 적절하게 조화시킬 수 있는 능력이 없다는 뜻이야. 네가 진정으로 행복하길 원한다면 지금부터라도 초자아를 키워. 너의 본능과 초자아는 극단적으로 대립하면서 너를 괴롭힐 거야. 그러나 초자아 키우길 포기하면 네 인생은 끝장이 나고 말걸."

심리학과 장학생이었던 그 남학생은 벌써 그때 프로이트 같은 대가가 된 양, 나를 멋대로 진단하고 처방까지 내렸다.

하마터면 결혼까지 갈 뻔했던 그는 그 말을 마치고 나를 안으려고 했다. 죽는 힘을 다해 거부했던 나를, 그는 결벽증 환자로 간단히 결론지었다. 호기심을 끝까지 실행할 만큼 나는 용기 있는 편이 아니었다. 또한 사랑이 없는 성행위는 절대로 용서할 수 없었다. 담배도 피우고 가끔씩 정신을 잃을 정도로 폭음까지 하던 나를 보며, 그는 내가 그 방면에도 자유분방하리라고 제멋대로 상상해 버렸음에 틀림없었다. 나를 몰라도 한참 몰랐던 어리석은 놈이었다.

그와 헤어진 일은 잘된 일이었다.

그와 헤어진 이후로 내 인생의 주인이 혹시 내가 아닌 다른 사람일지도 모른다는 생각을 종종 했다. 일테면 어떤 악령이 나를 덮어쓰고 있다든지, 내연녀 생활을 했던 친모와 주독에 절은 아버지의 유전인자들 중에 나쁜 인자들만 내게 고스란히 전해진 것은 아닐까 하는. 내 핏줄 속에 득시글거릴 바람직하지 못한 DNA. 부정적인 생각을 떨쳐 버리듯, 요즘은 그가 해 주었던 말, 초자아를 키우란 말에 나를 옭아매 보기도 한다. 내 속에 도덕군자를 키워 내라는 주문이다. 그래, 노력하는 것도 나쁘진 않아, 라고 다짐하곤 한다. 여하튼 그의 주문은 내가 초등학교 교사직을 잘 해내는 힘이 되어 주곤 하는 게 사실이니까, 고마운 주문임에 틀림없다.

"충치가 심하군요. 긁어내고 땜질을 해야겠군요."

나는 그를 무연하게 올려다보며 물었다.

"댁은 치과 선생님이신가요?"

"그렇습니다. 나는 만능 의사지요."

그가 단언하듯 자신 있게 말했다. 세상에 만능이 존재하다니! 아무리 과대광고 시대라고는 하지만 스스로 만능이란 평가를 거리낌 없이 내릴 정도면 과연 어떠할까. 불안한 마음을 지그시 눌렀다. 내 앞에 서 있는 낯선 의사에 대한 호기심이 강하게 일었다.

차라리 공포에 가까운 호기심 어린 내 모습이, 그에게는 의외로 순한 환자처럼 보였나보다. 그의 손은 무척 빨랐다. 내가 궁금해하는 사항들은 어떻게 해서 만능 의사가 됐는지, 정식 자격증은 있는지, 또한 치료비가 얼마나 드는지 따위였다. 그의 손은 너무 빨랐다. 내가 질문하기도 전에 그는 이미 충치 치료를 일사분란하게 진행하고 있었다. 잠시 뒤, 그는 내 어금니 세 개를 땜질했다고 말했다.

그는 조금의 망설임이나 주저함 없이, 절대 나를 의심하면 안 됩니다라고 소리를 약간 높이며 말했다. 누워 있는 나를 내려다보며 그는 나의 불안감을 이미 읽었다는 표정으로 불신 사회를 개탄했다.

"우리는 아직도 만능 의사가 있다는 것을 인정하지 않고 있지요. 의사는 똑같이 거룩할 수 없으며 모두 다 양질의 진료를 베풀진 않아요. 왜 그런 줄 아세요? 사람마다 생김새가 다르듯 능력도 다르게 마련이죠. 아, 그러니까 제대로 훈련

받은 의사를 만나는 일 그 자체가 행운이죠."

그의 말대로라면 행운의 여신이 지켜준 환자가 바로 나라는 소리였다. 그는 한 가지 더 해야 할 치료가 있다고 말했다.

"자아, 이 거즈를 물고 오 분 동안만 편하게 있으세요. 정중선에다 턱관절을 맞추면 아주 편안한 위치가 돼요. 참 이상하죠? 근육은 잠깐만 이완시키면 이완시키는 대로 적응한단 말이죠. 거즈를 뺀 후 턱이 맞물리는 상태가 이상적인 위칩니다."

그에 의하면 근육이 이완된 상태에서 윗니와 아랫니를 자연스레 다물면 가장 이상적인 교합상태가 되는 것이라 했다. 나의 경우에는 법랑질을 조금씩만 갈아내면 손쉽게 이상적인 교합상태가 된다고 했다.

나의 끈질긴 호기심은 스멀스멀 튀어나오는 의심과 불안감을 지그시 눌렀다. 나는 병원 대기실에 걸려 있던 그의 증명서들을 떠올렸다. 자세하게 읽어 보지는 못했지만 나는 그 증명서들이 병원을 차리려면 으레 갖추어져야 할 무슨 자격증 같은 것이라고 믿었다. 그는 나의 턱관절을 정중선에 맞춘 후 열한 개나 되는 자연치아의 법랑질을 아주 조금씩 아무런 탈이 나지 않을 정도로 미세하게 양을 깎았다고 했다. 어지간한 나의 호기심도 기세가 엄청나게 수그러들었다. 진찰대 위에서 몸을 간신히 일으켰을 때는 극도의 호기심과 불안감 때문에 녹초가 되고 말았다.

그때까지 마취에서 깨어나지 못한 고양이를 안고 진료실을 지나 환자 대기실로 나오자 문득 대기실 벽에 걸려 있던 그 증명서들을 읽어 보고 싶은 충동이 일었다.

골프대회 최고 우승자. 가요 부르기 대회 만점 상. Bob 대회 최고 길이 숭어 낚시꾼. Don Club 포커 상 수상. Atlantis 성인 오락실 최다 이용 상

아직 마취에서 완전하게 풀려나오지 못한 어질어질한 정신 상태여서 벽 한가득 붙여 놓은 증명서들을 다 읽어 내지도 못했다. 비칠거리는 걸음을 옮겨 병원 문밖을 나서려는 나를 간호사가 불러 세웠다.

그녀는 내게 치료비를 청구했다. 고양이 수술비와 내 치료비는 보너스가 나오는 달의 내 급료와 맞먹을 정도로 많은 금액이었다. 당장 그런 큰돈은 없다고 말하자 그녀가 신용카드를 쓰면 된다고 했다. 그녀는 핸드백에서 신용카드를 꺼내는 나를 위로했다.

"치료에 비하면 치료비는 비싸지 않아요. 우리 선생님은 워낙 꼼꼼하신 분이라 빈틈이 없어요. 틀림없이 전보다 편해질

거예요. 나도 그런 치료를 받았거든요."

그녀는 나와 동료 환자라는 의미를 강조하기 위해, "나도"라는 말을 할 때 자기 가슴을 손바닥으로 소리 나게 탁 쳤다.

축 늘어진 고양이를 안고 병원 문밖을 나오자, 발원지를 알 수 없는 저 먼 곳 어디서부터 밀려오는 바람의 파동에 힘입어 고양이의 몸에서 틸레타민 냄새가 더욱 역하게 풍겨 나왔다. 발바닥의 감촉이 이상스레 낯설다는 느낌이 들었다.

거리가 낯설었고, 세상이 낯설었다.

집에 와서도 고양이는 죽은 듯 사지를 뻣뻣하게 편 채 몇 시간을 꼼짝없이 누워 있었다. 나는 틸레타민 냄새가 내 조그마한 아파트 구석구석까지 스며드는 것을 느끼며 고양이의 작은 몸을 근심스럽게 내려다보았다.

양모는 작은 방에 작은 몸으로 짐승처럼 웅크리고 누워 있다. 새로운 생명체가 뿜어내는 이상한 냄새를 느껴 불안했는지, 그날은 밤중에 세 번이나 기저귀가 젖어 있었다. 치매가 극한 상태인 그녀는 오줌을 쌀 때 우는 버릇이 있어 깨어나지 않을 수가 없었다.

양모의 젖은 기저귀를 갈아 주고 나오니, 어두컴컴한 거실에 마취에서 깨어나지 못한 새끼고양이가 애처롭게 누워 있었다. 고양이가 내 집에 있다니! 현실감이 느껴지지 않았다. 라디오를 켰다. 머라이어 캐리의 매끌매끌한 음색이 흘러나왔다. 언제 들어도 위로가 되는 따뜻한 노래 'I'll Be There'였다.

고양이가 죽어 버리면 어쩌나.

진심에서 우러난 걱정을 했다. 내 살갗 위로 개미 한 마리가 기어오르는 것조차 견디지 못했던 내가, 난생 처음으로 동물을 걱정하기 시작한 것이다.

우연처럼 내 통증은 그때부터 시작되었다.

치아 하나하나가 신 자두를 꽉 물고 있는 것처럼 시려 왔고 잇몸까지 욱신거렸다. 양쪽 관자놀이, 귀 앞부분, 광대뼈 부분에 저릿저릿한 감각이 느껴지더니 마침내 턱이 덜덜 떨릴 정도로 통증이 찾아왔다. 고개를 끄덕이거나 좌우로 흔들 때마다 '딱' 하는 소리가 천둥소리처럼 크게 들려왔다. 통증은 얼굴 주위를 맴돌다 시간이 점점 흐를수록 목 뒤까지 내려오더니 어깨를 타고 허리까지 뻗쳐 옴짝달싹도 할 수 없을 정도로 온몸 마디마디를 괴롭혔다. 신음이 저절로 새어 나왔다.

통증으로 밤을 꼴딱 새우고 겨우 출근했다. 고양이의 지사제 처방전에 있는 병원 전화번호를 눌렀다. 간호사가 받았다. 통증 호소를 들은 그녀는 놀라지도 않았다. 내가 받았던 특수 치료를 받고 나면 누구든지 반드시 통증이 뒤따른다고 했다. 며칠만 치료를 계속 받으면 아주 편해진다고도 했다.

“고양이를 유심히 관찰하세요. 고양이가 치유될 때쯤이면 이혜민 씨도 완전히 나아질 거예요.”

사람이 아프다고 호소하는데 고양이를 걱정하고 있다, 그녀는. 화가 난 나는 의사를 바꿔 달라고 했다. 친절한 간호사는 얼른 그에게 전화기를 갖다 주었다.

“의사를 신뢰해야 합니다. 당신이 지금 겪고 있는 통증은 치료를 하지 않고 놔두었으면 앞으로 차차 나타났을 통증입니다. 나의 최신 특수 치료를 받은 덕분에 한꺼번에 나타난 것입니다. 미리 예방하지 않으면 그보다 몇십 배 더한 고통 속에서 일생을 보내야 합니다. 아플 때는 언제라도 병원에 와서 치료를 받으세요. 치료가 안 될 경우에는 환불해 드리겠습니다.”

그가 너무 자신만만하게 말했으므로 나는 할 말이 없어 수화기를 내려놓았다.

다행히 고양이의 수술 결과는 아주 좋았다. 보기에도 안쓰럽게 삐죽이 나왔던 항문은 감쪽같이 들어갔다. 분유에 지사제를 타서 고양이에게 먹였다. 종이 박스 안에서 지내는 고양이가 심심할까 봐 털실 꾸러미를 상자 안에다 넣어 주었지만 고양이는 너무 어려서인지 그것을 가지고 놀 줄 몰랐다.

하루 이틀 사흘 나흘…… 한 달이 훌쩍 지났다.

고양이는 박스 위를 뛰어넘을 수 있을 정도로 자랐고, 하루 종일 혼자 있다가 내가 집안으로 들어오는 기척이 있으면 흥분을 감추지 못하고 꼬리를 한껏 치켜세웠다. 고양이가 앙증맞은 꼬리를 좌우로 요란하게 흔들어 대거나, 내 발등을 핥거나, 가슴께로 파고들 때면, 외로운 나에게 보내 준 신의 선물처럼 여겨질 때도 있었다. 동료 교사들과 회식이 있는 날 먹다 남은 생선 부스러기를 보면 고양이 생각이 나서 종이에 싸가지고 와서 주곤 했다. 어느새 고양이는 내 생활의 일부가 되어 가고 있었다.

나는 우리 가족들보다 친절한 그의 치료를 매일 받고 있었으나 통증은 수그러들지 않았다. 아나프록스를 먹어야만 겨우 말할 수 있는 지경에까지 이르렀다. 그 이상한 치료를 받은 후로 통증 때문에 하루도 편히 잠을 자지 못했다. 학교가 끝난 뒤에 일상처럼 병원을 찾아간 게 벌써 한 달 남짓이 되었다. 통증을 참는 데 한계가 왔다.

출근 전, 데이터를 분석해서 알려 주는 정보은행으로 전화번호를 눌렀다.

"전국에 동동인(動同人) 병원이 몇 개나 되죠?"

내 말에 로봇이 대답했다. "셀 수 없이 많습니다."

안내하는 로봇의 감정 없는 목소리 뒤로 시냇물 흐르는 소리가 졸졸 새어 나오고 있었다.

"그 체인점의 가장 큰 병원은 어디에 있습니까?"

"갈림동에 있습니다."

"그곳에 가기 전에 알아 둬야 할 사항은요?"

"동물과 사람을 구분할 줄 모릅니다."

컴퓨터로 합성된 기계음은 금속처럼 차가왔다.

진료비를 되돌려 받으려고 잠시 들른 그날의 동동인(動同人) 병원은 이상했다. 병원 문을 열고 들어가면 가장 먼저 나를 혼란스럽게 했던, 동물 마취제 틸레타민 냄새가 나지 않았다. 대신 생소하고도 이상야릇한 냄새가 풍겨 나왔다. 간호사도 보이지 않았다.

아무도 없는 병원 안에서 그 의사는 푸르스름하고 기다란 드레스를 입고서 진찰대 위에 앉아 화장을 하고 있었다. 머리에 무스를 잔뜩 바른 그는 미스티퍼플 색깔의 립스틱을 바르고 있는 중이었다. 그가 손거울을 무릎에 내려놓고 나를 바라보았다. 용건만 간단하게 말하기로 마음먹었다.

"만약 치료가 제대로 안될 경우에는 진료비를 도로 돌려주실 거라고 했죠? 진료비를 되돌려 주세요."

약간 웃으면서 말하는 나처럼 그도 웃으며 대답했다.

"못 주겠는데요."

"왜죠?"

"치료는 아직 끝나지 않았거든요."

"통증을 이젠 하루도 더 견딜 수 없어요.

내가 웃음기를 거두자 그의 얼굴도 굳어졌다. 립스틱을 짙게 칠한 그의 입술이 씰룩거리는가 싶었는데 진료비를 절대 돌려줄 수 없다고 소리쳤다. 자기는 뭘 먹고 사느냐고 훌쩍거렸다.

소리 높여 우는 그를 뒤로하고, 나는 로봇이 가르쳐 준 대로 갈림동 병원으로 향했다. 병원은 생각했던 것만큼 크지 않았다. 환자는 많지 않았으나 병원 뜰이 무척 넓었다. 그 병원 뜰에 있는 몇몇의 사람들을 보았을 때 나는 큰 충격을 받았다. 그곳엔 선 채로 바지에다 오줌을 싸고 있는 사람, 가로수를 붙들고 노래하고 있는 사람, 붉은 해를 뚫어지게 쏘아보고 있는 사람, 머리카락을 녹색으로 염색한 사람들이 있었다.

병원 대기실에서 기다리고 있는 몇 명의 환자가 두런두런 속닥거렸다. 가만히 귀동냥했는데 어쩌면 그렇게도 한결같이 나와 똑같은 과정 그대로 치료를 받았는지 신기할 정도였다. 이곳에는 전국에 있는 동동인(動同人) 체인 병원에서 잘 못 치료 받은 환자들이 대부분이었다. 그들 모두 만능 의사를 철석같이 믿고 싶었다는 것이다, 나처럼. 이래저래 속아 사는 세상, 속는 셈치고 믿고 싶었지요. 나도 어느새 그들의 대화에 끼어들었다.

내 차례가 되어 진료실 안으로 들어갔더니 의사는 자신이 최고 권위 있는 큰 스승이라고 밝혔고 나의 입안을 관찰했다. 나는 그가 통증을 당장 멈춰 줄 수 있으리라는 기대감에, 될수록 입을 크게 아, 하고 벌렸다. 입안을 살피고 난 그는 나를 치료했던 친절한 그의 진료 행위에 대한 정당성을 장황하게 설명했다. 그가 말하는 내용이 귀에 들어오지 않았다. 다만 그의 입을 쳐다보았는데 그의 치아는 모두 멀쩡해 보였다. 그는 차트에 암호 같은 의학용어를 휙 휘갈겨 썼다. 그는 환자가 그의 엉터리 진단을 눈치채지 못했을 줄 알고 마구 갈겨썼겠으나, 천만에. 나는 정신을 집중시켜 그 기록카드에 써진 글씨를 내 마음 한가운데에 찍었다. 나는 그가 쓴 글씨가 '멀쩡한 환자'라는 말인 것을 명확하게 읽어냈다.

자세히 보니 그는 털이 많은 다리가 훤히 보이는 치마를 입고 있었다. 그리고 선글라스를 끼고 있었는데 렌즈 색깔이 너무 진해서 그의 눈동자가 어디를 보고 있는지 알 수 없었다. 그는 그가 후원하는, K-Pop 공연을 주선하느라 한 달 전에는 미국에 다녀왔노라고 내게 말했다. 그러더니 가끔 자신의 치아가 몽땅 찌그러지는 꿈을 꾼다고 말했다. 이유는 거짓말을 많이 하는 까닭이라고 했다.(그 말은 진실일지?) 나는 그에게 차트를 내밀고 이 글씨가 뭐냐고 영어를 모르는 사람처럼 슬쩍 물었다. 권위를 인정받고 싶어 안달이 난 사람일지도 모를, 기회가 닿는 대로 우쭐대고 싶어 할지도 모를 그는 차트를 들여다보면서 내가 물어 보지 않았던 것까지 친절하게 가르쳐 주었다.

"치아가 망가졌음, 이라고 썼어요. 치아가 망가지긴 했지만 망가진 정도는 환자가 걱정하는 정도와 비례합니다. 더 정밀한 진단을 받기 위해서 입원해야 하겠군요."

나는 그가 입원까지 시킬까 봐 더럭 겁이 나서 볼일이 있다고 말하고는 자리에서 일어났다. 들고 나온 진료비 청구서를 화장실 휴지통에 아무렇게 쑤셔 박고는 현관 유리문을 밀었다.

이미 누군가가 열어 둔 상태여서 나는 그만 앞으로 고꾸라질 뻔했다. 조심하지 않고 방심해서 발걸음을 옮겼던 탓이었다. 수위 아저씨가 얼른 다가왔다. 진료비 뺑소니를 치고 나가는 내게 진료비를 청구하려는 걸까? 그러나 수위 아저씨의 목소리는 다정했다.

"조심하세요. 문턱이 워낙 높아요."

넓은 병원 뜨락에서는 아직도 어떤 방향으로든 해결을 보지 못한 사람들이 그 때까지 그냥 서 있었다. 어떤 사람은 가로수를 붙들고 웃었다. 어떤 이는 병원 잔디에 누워 하늘을 향해 망할 놈들이라고 욕을 퍼부었다. 나는 그들이 왜 그러는지 그제야 알 것도 같은 심정이 되었다. 그들은 모두 진료기록부상으로는 멀쩡한 사람이었으나 의료 과실로 심각한 통증을 앓고 있는 사람들이었다. 누구에게도 보상받을 수 없는 심각한 질병을 아무 데나 내던져 버리고 싶은데, 그럴 만한 장소가 없어 괴로워하고 있었던 것이다.

동동인(動同人) 체인 병원을 다녀온 뒤, 얼마 동안은 다른 어떠한 병원에도 가기가 두려워 통증을 견디며 지냈다. 아나프록스를 매일 여섯 알씩 먹으면서 통증을 견뎠다. 나는 이 통증을 진실로 사랑함으로써 극복해 보자고 속으로 외쳤다. 그러나 나의 의지와는 상관없이 통증은 나를 극심하게 피곤한 상태로 몰아넣고 있었다.

학교생활은 말할 수 없이 피곤했다. 아이들은 가져간 고양이가 모두 죽어 버렸다고 징징 울어 댔다. 애초 병신으로 태어나 제대로 살지 못할 고양이를 아이들에게 가져가라고 하다니, 나는 선생으로서 너무 무책임한 짓을 했다. 징징 울어대는 아이들을 보자 묵직한 죄책감이 나를 눌렀다.

그러나 나는 커져 버린 고양이를 보살피는 일이 문젯거리였다. 날마다 일하러 오는 노인요양사가 툴툴거렸다.

“고양이가 온 집 안을 휘젓고 돌아다니는 통에 고양이 털이 이리저리 날아다녀요. 하루 종일 일이라구요.”

기실, 요양사는 털이 계속 빠지는 고양이를 보살피는 일보다 치매에 걸린 양모를 목욕시키는 일이며 젖은 기저귀를 갈아 주는 일이며 미음을 입에 넣어 주는 일이 더 힘들다는 말을 하고 싶었을 것이다. 그녀는 인내심이 아주 많은 여인이다. 시퍼렇게 멍든 그녀의 눈두덩은 깨끗한 날이 거의 없었다. 술주정이 심한 남편에게 매 맞는 일이 일상이라며 그녀는 차라리 우리 집에 일하러 오는 게 마음 편하다고 했다.

“이 집에는 찾아오는 손님도 없어요. 내게 왜 매를 맞고도 사느냐고 물어 오는 사람도 없지요. 우리 집에 우두커니 앉아 있는 것보다 훨씬 편해요.”

고등학교에 다니는 두 아이들 학원비라도 대 줄 수 있으니 일거양득이 아니냐며, 남편에게 맞아 앞니 하나가 부러진 입을 가리며 말하기도 했다.

그즈음에는 사랑을 독차지해 보려 재롱떠는 고양이가 부담스러워지기 시작했다. 아파트에서 고양이를 계속 기르는 일은, 고양이를 쫓아내 주길 요구하는 이웃들의 눈치를 봐야 하는 일이었다.

발정을 못이긴 들고양이들은 밤마다 갓난아기 울음소리 같이 가르릉거렸고, 암컷들은 불룩해진 배로 어슬렁거렸다.

우리 집 고양이의 몸집이 점점 커지면서 몸에서 풍겨 나오는 고린내가 한층 고약해질 무렵, 나는 고양이를 들고양이들에게로 보낼 궁리를 했다.

내 고양이가 들고양이들과 함께 지내려면 적응 기간이 있어야 했다. 그 시도를 했던 첫날이었다. 집고양이는 처음 보는 들고양이가 무척 겁나는지, 몸을 공처럼 동글리면서 바짝 굳어졌다. 내 손아귀에서 벗어나려 하지 않았다. 억지로 땅바닥에 내려놓자, 고양이는 내 오른쪽 구두 뒤축에 바짝 붙어 쪼그리고 앉아 도무지 꼼짝도 하지 않았다. 오들오들 떨고 있는 내 고양이를 들고양이가 매정한 눈빛으로 지켜보았다. 금방이라도 내 고양이를 물어뜯을 기세라 도로 집으로 데리고 들어와 버렸다.

그렇다고 쉽사리 포기할 수 없는 일이었다. 하루는 출근길에 내 고양이를 데리고 나와 들고양이들과 친해지도록 풀숲에 내려놓았다. 통째 구운 조기 한 마리를 살그머니 놓았다. 말하자면 그것은 내 고양이를 잘 봐달라는 뜻이었다. 먹이를 본 들고양이 하나가 내 눈치를 보며 조기를 향해 발걸음을 내딛기 전에 내 고양이는 들고양이에게 니야옹, 인사를 건넸다. 나는 조금 안심을 한 채 출근했다. 학교에서는 내내 고양이가 무사하게 들고양이들과 잘 지내길 바랐다. 퇴근길에 저 멀리 아파트가 보이자 가슴이 두근거렸다.

내가 들고양이의 아지트를 기웃거리자, 들고양이 두 마리는 혀를 날름거리며 입맛을 다셨다. 정작 내 고양이는 보이지 않았다. 풀숲 주위를 아무리 살펴보아도 내 고양이는 없었다. 혹시, 저것들이 내 고양이를 해코지하지 않았을까? 더럭 겁이 나기 시작했다.

무거운 발걸음을 옮겨 우리 아파트 동 입구에 이르렀다. 그때 뭔가 훽 몸을 날려 내 앞에 사뿐히 내려앉는 물체가 있었다. 내 고양이였다. 반가웠다. 녀석은 내가 내미는 조기는 거들떠보지도 않고 내 발등 위에 잽싸게 올라탔다. 나는 녀석의 등을 가만히 쓰다듬어 주었다. 보드랍고 연약한 등이었다. 내 눈에서 찝찔한 눈물이 흘러내렸다. 나는 어쩌자고 정을 모질게 떼지 못할까? 내 고양이가 저 들고양이들 틈에서 살아가려면 이젠 나를 잊어 줘야 할 때이지 않은가.

이튿날도 나는 포기하지 않고 들고양이들에게 내 고양이를 맡겼다. 조기 토막을 상납했다. 그날도 역시 전날과 마찬가지로 퇴근하고 돌아온 나를 고양이가 아파트 동 입구 앞에서 쭈그리고 앉아 기다리고 있었다. 나한테 얼른 달려올 생각은 않고 내 눈치만 흘끔흘끔 보고 있는 그 모습이 처량하게 보였다. 하루 내내 통증에 시달릴 대로 시달린 나를 더

더욱 울적하게 했다.

내 고양이가 들고양이들에게 적응하지 못하고 찬물에 기름 돌듯 뱅뱅거리고만 있던 어느 날, 매우 희망적인 사건이 발생했다. 누런 얼룩무늬 들고양이 한 마리가 간밤에 네 마리의 새끼 고양이를 낳은 것이다. 숲속 후미진 곳에서 몸을 푼 어미 고양이가 새끼들의 몸을 핥아 주고 있는 것을 출근길에 보았다. 이미 커져 버리긴 했지만 아직도 어린 내 고양이에게 다른 고양이는 몰라도 이 어미 고양이만은 모성을 발휘하지 않을까 막연히 기대했다.

내가 먼저 어미 고양이와 친해져야 할 필요가 있었다. 먹다 남긴 조기와 낡은 담요를 가지고 나왔다. 어미 고양이의 보금자리에 다가가자 어미 고양이는 본능적으로 나를 거부했다. 새끼들을 품에 끌어안고는 호두알처럼 확대된 눈을 동그랗게 치켜뜨고 날카로운 이빨을 드러내며 냐아오옹, 나를 향해 갸르릉거렸다. 새끼를 낳기 전에도 누런 얼룩무늬 어미 고양이와 안면이 있는 터라, 나는 전혀 해칠 기미가 없다는 표정을 하고 조심스레 조기를 어미 고양이 코앞에 갖다 놓았다. 내 진실한 마음을 알아주길 간절하게 바랐다.

나는 너와 아기를 해치지 않아. 제발 내 고양이를 거절하지 말고 맡아 주지 않을래?

동물에게도 사람과 마찬가지로 느낌이 있을 것이다. 어미 고양이의 세모난 눈동자가 스르르 풀어졌다. 나는 새끼들 곁에 담요를 깔아 주었다. 그 담요는 원래는 청록빛이었으나 지금은 닳고 바래서 거의 희끄무레한 회색이 되었다. 언젠가는 버릴 생각으로 장롱 깊숙이 갈무리해 두었던 것이다. 내가 담요를 깔고 있는 사이 어미 고양이는 조기에 코를 박았다. 어미 고양이의 젖에서 떨어질 줄 모르는 새끼 고양이들을 보자 제 어미 젖 한 번 제대로 빨지 못했던 내 고양이가 새삼 불쌍해, 나는 조금 울었다.

내가 잠깐 집을 비운 그 사이를 못 참고, 내 고양이는 밖으로 나가려고 몸부림쳤다. 어찌나 문을 할퀴었는지 우리 집 현관 철문의 페인트가 또 한 차례 벗겨져 있었다. 나를 기다리다 지쳐 몹시 화가 난 고양이는 나를 보자 내가 입고 있던 바지를 물어뜯었다.

언제까지 나와 함께 살 수 없어. 이젠 나와 헤어져야 해. 너희들의 세상으로 돌아가. 알았지? 다행스럽게도 너를 보살펴 줄 어미 고양이를 찾아냈어.

며칠 동안 조기를 구워 가지고 다가가면 어미 고양이는 웃음처럼 니야옹, 인사했다. 나를 알아보는 눈치였다.

마침내 출근길에 나는 고양이를 데리고 나왔다. 고양이는 사람과 교감이 가능한 동물이라고 믿고 싶었다. 어미 고양이에게 갔다. 내 고양이는 나를 원망스런 눈으로 바라보았다. 고양이가 혹시 사람처럼 눈물을 흘리지는 않는지 의심이 들 정도였다. 내 고양이의 진회색 잔등은 내 곁을 떠나기 싫은 듯 잔뜩 움츠리고 있었기에 그 모습이 무척 슬프게 여겨졌다. 이번에는 성공적인 적응을 하지 않을까, 기대하기도 했다.

하지만 그날도 내 고양이는 여전히 아파트 우리 동 입구 앞에서 퇴근하는 나를 기다리고 있었다. 그러나 그날은 다른 날과는 모습이 달랐다. 내쫓김에 익숙해진 것일까. 패잔병 같은 처량한 모습은 아니었다. 집에서 나와 함께 있을 때와 똑같은 모습이어서 다소 희망적이긴 했다.

그러나저러나, 심각한 것은 나의 얼굴 근육이 풀릴 줄 모르고 날이 갈수록 딱딱해진다는 사실이었다. 악순환의 연속이었다. 자고 일어나면 통증이 심해서 치료한 의사를 미워했고, 통증은 미워하는 내 마음과 비례해서 한층 심각해지곤 했다.

견디다 못해 우리 동네에 있는 치과를 찾아갔다. 그저 평범한 개인 병원이었다. 나를 살펴본 의사는 내가 너무 늦게 찾아왔으나 아주 돌이킬 수 없을 정도로 늦지는 않아 다행이라고 했다. 통증 치료를 위해 스프린트를 맞추고 심스탁이라고 하는 기구로 계속해서 이를 짜맞추는 일을 했다.

가을 햇살처럼 따사로운 느낌이 드는 그에게 치료를 받고 있는 동안 하루하루가 다르게 통증은 가라앉아 갔다. 의사는 내가 받았던 '최첨단 예방용 교합치료'라는 그 해괴망측한 치료가 이미 1970년대 후반에 미국에서 시행했던 적이 있는 치료라고 말해 주었다. 그 치료는 실패한 가설이며, 사람이 일상생활에 아무런 지장이 없는데도 불구하고 예방 목적으로 가설에 따른 교합치료를 하는 일은 매우 위험하다고도 설명했다. 내가 받았던 그 치료는 실패한 가설을 바탕으로 한 부적절한 치료였고, 나의 상태는 의료 과실의 결과였다. 그러니까, 그 이상한 동동인(動同人) 병원의 의사는 위험하다고 판정 내려진 가설의 의심 없는 추종자였고, 나는 위험한 가설의 또 다른 희생자였다.

새로운 병원의 치과의사는 평범한 흰 가운을 입고 있었다. 그는 자칭 대가라고 지칭하는 동동인(動同人) 병원의 돌팔이 의사에 비해 훨씬 믿음직스러웠고, 진짜 대가다웠다. 밥 잘 먹고 일상생활에 지장이 없는 환자에게 교합치료는 해서는 안 될 일이었다. 이상적인 교합 운운하며 정중선에다 턱관절을 맞춘다고 스프린트를 끼우고 생치아를 들들 갈고 깎는다면서 일 년 가까운 세월 동안 환자를 붙잡는다. 그것은 모리배들이나 하는 사기 행각과 다를 바 없지 않은가.

나는 그 치명적인 잘못된 치료의 결과로, 앞으로 일생 동안 지속될지도 모를 미미한 통증에 시달리고 있다.

새로 만난 정직한 의사의 부드러운 손길로 아주 위험천만한 상태에서는 벗어났으나, 아무 일이 없었던 상태로 돌아갈 수는 없었다. 요즘은 통증이 시작될 낌새가 있으면, 권투 선수들이 시합장에서 자신의 치아를 보호하기 위해 물고 있는 모양과 흡사한 스프린트를 얼른 입안에다 끼워 넣어야 편안하다.

따지고 보면 이 모두가 나의 운명적인 틀 안에 있음을 인정하면 크게 화낼 일도 없다. 나는 그리 운 좋은 편이 못 되니까 말이다.

가을 햇살같이 따사로운 치과의사도 나에게 액땜한 셈 치라고 했다. 나즈막하게 말하는 그의 말은 이상하게 위력이 있었다. 나는 그의 말에 저항 없이 고개를 끄덕였다.

격렬한 통증이 미미해지고 치료가 거의 끝나갈 무렵에는 동물병원의 그 의사를 완전히 용서할 수 있을 것만 같은 여유가 생겼다.

그러는 사이, 내 고양이도 들고양이들과 하루가 다르게 적응해 나갔고, 아파트 대문 앞에서 나를 기다리는 날이 적어졌다. 이제는 들고양이들이 내 고양이를 받아 주려나, 싫어

안심이 되었다. 내가 없는 낮 동안에 양모를 돌봐 주는 노인 요양사는 고양이 냄새도 덜해지니 한결 좋다고 사람 좋은 웃음을 흘렸다.

방심한 게 탈이었다. 추운 겨울이 오기 전에 내 고양이를 아예 들고양이에게 포함시키자는 조급한 마음을 먹은 게 탈이었다. 아직은 크게 추운 날씨도 아니라 어세는 밤이 되었어도 고양이를 집으로 데려오지 않았다. 숲속에서 제 동족들과 포근한 잠자리에 들었겠지, 아침에 조기도 충분히 주고 왔지 않았던가. 지나치게 안심했다.

바로 어제 퇴근길에 숲속 보금자리에 채 이르기도 전, 숲 입구에서 내 고양이는 싸늘하게 죽어 있었다. 우리 아파트까지 찾아올 수도 있는 고양이였다. 아파트 동 입구 문 앞에서 나를 기다렸다면 죽기까지는 않았을 것이다. 퇴근하는 내게 시위라도 하듯 고양이는 빳빳하게 누워 있었다.

스산스런 마음으로 고양이를 안고 뒷산에 오르니 낙엽들이 내 발에 밟혀 이상한 신음 소리를 냈다. 나뭇가지 뒤에서 스스스, 움직이는 소리가 나서 뒤를 돌아보았더니 어미 고양이가 죽은 고양이를 묻어 주러 가는 나를 멀찌감치 지켜보고 있었다. 어린 고양이 한 마리 품어 주지 못하는 나쁜 것. 살만 뒤룩뒤룩 쪄가지고는! 나뭇가지 뒤에 숨어 나를 보고 있는 어미 고양이를 향해 들고 있던 부삽을 휘둘렀더니 어미 고양이는 쏜살같이 달아나 버렸다.

고양이도, 병원도, 학교도…… 내 머릿속을 복잡하게 유영하던 사건들을 순식간에 지워야 할 때가 왔다. 복도 끝에 있는 기다란 괘종시계가 다섯 번 둔중하게 울렸다. 이제 마지막 입장객은 삼십 분 뒤에는 들어올 수 없으며, 6시에는 관람객 모두는 미술관을 빠져나가야 한다.

미술관의 긴 복도 천장에 거미줄처럼 얽혀 있는 줄에 뇌리 속 생각을 걸어 놓기 시작했다. 내가 입었던 남루한 멜빵청바지와 하얀 반팔 티셔츠, 학동들이 입었던 아동복, 돌팔이 치과의사가 입었던 푸르스름한 길고 긴 드레스, 그리고 또 다른 사이비 의사가 입었던 다리가 훤히 보이는 치마, 양심 바른 동네 치과의사가 입었던 평범한 흰 가운, 내 불쌍한 고양이의 진회색털 가발도 고스란히 걸어 두었다.

미처 둘러보지 못했던 다른 전시관을 휘이 둘러보았다. 여기도 마찬가지로, 큐레이터의 설명 없이는 명료하게 해석할 수 있는 게 없었다. 그냥 덮어 두자. 너무 오래 서 있던 탓이었는지 다리가 몹시 아팠다. 현관에 있는 딱딱한 나무의자에 앉아 잠시 쉬었다. 이 방 저 방으로 무리지어 큐레이터의 설명을 듣고 다닌 잘 차려입은 일행들은 만족한 표정으로 미술관을 빠져나가고 있었다.

나도 이젠 집으로 돌아가야겠다.

이복오빠는 극심한 치매에 시달리고 있는, 자신의 친어머니를 행여 모시고 살라고 할까 봐 겁을 벌벌 낸다. 이복오빠는 마지못해 어머니를 데리고 간 적이 있었으나 사흘을 넘기지 못하고, 내게 되돌려 보냈다. 양모가 무방비 상태의 어린 내 마음에 깊은 상처를 준 것은 사실이다. 그랬던 양모가 지금 이 시간, 죽은 술꾼 남편을 마중 나가려고 벽을 문인 줄 착각하고 자꾸만 벽을 떠밀어 내고 있을 것만 같다.

담배는, 나빠진 심장에 해롭다는 의사의 충고를 듣고 육 개월 전에 끊었으나, 나는 아직까지 그 지긋지긋한 술을 완전하게 끊어 내지 못하고 있다. 술까지 끊어야겠다고 마음을 먹고 있지만 그게 쉽지 않다. 내 인생에 술도 없다면 낙이 완전히 사라져버리는 것일 게다. 어쩌다 독한 양주를 마시는 날에는 어린 나를 매질했던 그들처럼 백치 같은 양모의 머리를 내리치려고 손을 번쩍 들다가도 이십 년 전에 헤어졌던 그 남자아이의 말이 되살아나 흠찔 놀란 손을 거두곤 한다.

초자아를 키워야만 너는 행복해질 수 있어.

나를 사랑했었노라 말했던 오래전 그의 말이 주문처럼 나를 옭아매곤 했다. 그는 지금쯤 인정받는 심리학자가 되어 있을까.

내게 초자아를 키워 보라고 했니? 내 마음에 도덕 선생을 키우라고 충고했지? 그런데 너, 알기나 해? 난 말이야. 내 운명에 앙갚음하고 싶은 생각이 추호도 없어. 남의 것을 빼앗는 자는 모든 걸 잃게 마련이야. 난 생모와 달라. 개체가 달라. 나의 반쪽은 아버지야. 두 분은 내게 생명을 주었어. 누가 뭐라고 하든지 생모는 내게 이 세상을 보게 한 은인이야. 그리고 양모도 이복오빠들도 내겐 소중한 가족이야. 내 아버지도 그래. 내가 그들을 가족으로 생각하는 한 그들 모두는 소중한 존재야. 난 애써 노력하거나 도덕 선생을 마음에 키우지 않아도 이렇게 건재해. 내 좋아하는 술을 끊지 못하고 홀짝거리는 습관이 좀 문제이긴 해. 차차 사라질 테지. 내 걱정은 하지 마. 너나 잘 살아.

나는 사랑함으로써 죽음을 이기고 싶었다. 미움을 버림으로써 얻어지는 것이 무엇인지 체험하고 싶다. 내가 사람이니까, 사람이라면 이런 희망쯤은 품고 살아야 당연하다. 그렇게 내 운명에 길들여지는 것도 괜찮다고 생각한다. 그건 어쩌면 내 나름의 살아가는 방법이었을 것이다. 도덕 선생보다 더 치열하게 살고 싶었던 내 마음을 나는 잘 알고 있다. 그래서 기특한 것이다.

내 의도대로 되지 않았던 죽은 고양이에게 미안했다. 죽은 내 고양이가 살아있었을 때 울었던 울음처럼, 나는 나지막하게 울고 있다.

양모를 돌봐 주는 마음씨 고운 노인요양사는 내가 늘 퇴근하는 시간에 맞춰 자기 집으로 돌아가려고 채비를 차리고 있을 것이다. 땀에 절어 냄새 나는 베개를 아버지로 착각하고 꼬옥 부둥켜안고 있을 양모가 차가운 마룻바닥에서 탈진되기 전에 빨리 집으로 가야겠다. 그녀의 젖은 기저귀를 갈아 주고, 저녁상을 차려야 한다. 어둑어둑한 저녁이 다가온다. 달려가야겠다.

내 안에 있는 나라

오늘은 우리의 결혼식 날이다.

서른세 살 신랑과 스물여덟 살 신부를 위해 하얀 턱시도를 입은 아이와 하얀 원피스를 입은 복스럽게 생긴 아이가 꽃바구니를 들고 꽃을 뿌리며 식장에 들어서고 있다.

진솔과 신솔. 오누이의 이름이다.

웨딩드레스를 입은 나와 검은 턱시도를 입은 우설 씨 사이에 두 아이들이 나란히 서 있다. 우리의 호적에 입양된 아이들이다. 우리는 저 아이들의 양부모이고. 열두 살 사내아이 이진솔, 열여섯 살 소녀 이신솔. 오누이의 이름은 우리가 새롭게 지어준 새 이름이다. 우리의 사촌기 자녀이다.

결혼식에 참석한 하객들은 이미 한 가족을 이룬 우리 네 사람을 신기한 듯 바라본다. 우설 씨의 표정은 밝다. 오누이도 환하게 웃고 있다.

같은 시간에 또 다른 홀에서도 예식을 치르고 있다. 서

민이 이용하는 예식장이라 소음이 심한 편이다. 주례를 맡은 우설 씨의 은사님은 우리의 앞날에 더없는 축복을 해 주셨다.

사진을 찍는 시간은 좀 지루하다.

"신부 표정을 좀 더 풀어 보세요. 김치—"

혼인하는 날 신부가 웃으면 딸을 낳는다고? 나 같은 딸? 나는 고개를 갸웃거렸다. 사진사의 말에 나는 '김치—' 속말을 하며 웃었다.

오누이는 우리를 지켜보고 있다. 내 앞에 서 있는 저 오누이를 처음 본 게 불과 일 년 전이었는데, 참으로 아득한 옛날의 일처럼 느껴진다.

사건이 일어났던 그날은, 햇살이 강렬했던 윤사월의 어느 봄날이었다. 그러니까, 저 오누이를 만나기 4개월 전에 나는 어떤 남자아이의 실족사를 목격했다.

나는 초등학교 옥상에서 롤러블레이드를 타고 있는 어떤 남자아이를 내려다보고 있었다. 그날도 아이는 파란색 점퍼를 입고 잔뜩 인상을 찌푸린 채 학교 옥상을 돌고 또 돌았다. 봄이라고는 하지만 덤으로 얻는 윤사월의 봄은 여름의 초입이었다. 따가운 봄 햇살이 내리꽂히고 있는 학교 옥상은 타다 남은 재처럼 하얗게 달구어진 느낌이 들었다.

도심 속의 학교는 바로 아파트와 맞닿아 있어 마치 아파트의 한 동처럼 느껴졌다. 아이의 얼굴 표정과 경쾌하게 미끄러지는 롤러블레이드의 속도감이 무척 대조적이었다. 학교는 수업 시간이라 조용하기만 했다. 아이 하나만 살아 움직이는 것 같았다.

5층인 내 아파트에서 바로 내려다보이는, 3층짜리 학교 건물 옥상에서 롤러블레이드를 타고 있는 아이를 나 말고 다른 사람들도 보았던 모양이다.

"하루 종일 옥상에서 노는 아이가 있어요."

혀를 끌끌 차며 아낙들이 수군거리는 말을 엘리베이터 안에서 몇 번 들은 적이 있었다.

사고 이전의 초등학교 옥상은 정말 아슬아슬했다. 아무런 안전시설이 없었던 옥상 난간은 고작 어른 무릎 높이만 한 시멘트 벽이 둘러쳐졌을 뿐이었다. 그런데, 쉬는 시간이나 점심 시간이 되면 아이들이 공을 들고 오거나 롤러블레이드를 타곤 했다. 바글거리는 아이들의 표정은 어떤 불안도 읽을 수 없이 행복했다. 한순간 아차 실수하면 곧바로 아래로 떨어질 것 같은 불안감 때문에 나는 창밖 아래 학교 옥상을 늘 살펴보는 버릇이 생겼다. 도심 한복판에 있는 학교 운동장은 손바닥만큼 좁아 아이들이 학교 옥상에서 노는 것은 이해하지만, 저렇게 무방비 상태로 옥상에서 마냥 놀게 하는 학교가 있다니.

조그마한 아이 한 명이 옥상에서 발을 헛디뎌 바닥으로 추락하는 통에 즉사한 사고가 있고 나서 옥상에는 철조망이 쳐졌다. 그 추락 사고가 일어난 이후, 아이들은 옥상으로 올라오지 않았다. 롤러블레이드를 타고 있는 그 아이만 유일하게 옥상에서 놀고 있었다. 공부 시간이고 쉬는 시간이고 끊임없이 옥상에서 롤러블레이드만 타고 있었다.

나와는 상관없는 일이라고 중얼거리며 아이에게서 시선을 거두어 버리곤 했었다.

버스 안에서도, 작업 도중에도, 죽은 아이에 대한 생각은 내 안으로 집요하게 파고 들어왔다.

식용유와 참기름이 한꺼번에 들어왔던 날이었다. H표를 오른쪽에 B표를 왼쪽에 진열하라고 과장님이 말했다.

"자리 이동에 따라 매상에 차이가 있다 보니 대리점에서 벌이는 신경전이 만만치 않아."

나는 박 과장님의 말에 따라 박스를 뜯고 참기름이며 식용유를 지정된 위치에 차곡차곡 정리해 나갔다. 워낙 대형 마트이다 보니, 순환이 잘되었다. 힘이 드는 일이기는 하지만 물건 순환이 잘되는 마트에서 새 박스를 뜯고 정리하는 일은 재미있었다.

'하필이면 그 순간을 목격하다니…….'

바로 그 시간에도 롤러블레이드를 타고 있을 그 아이를 생각하니 한숨이 절로 나왔다. 얼음 조각 같은 내 안의 그대가 나를 세상과 격리시키려 들고 있다.

'쓸데없이 남의 일에 끼어들지 마라. 네게 이익될 게 하나도 없단 말이야. 목격자? 목격자가 증인하는 말을 증언해야 할 또 다른 증인이 필요하다면? 그 아이가 시침을 안 뗄 것 같아? 보통이 넘는 아이인걸.'

얼음 조각 같은 내 안의 목소리는 또 입을 열었다.

'벌써 육 개월이나 지난 일이야. 제발 남의 일에 신경 쓰지 말고 네 일이나 신경 써.'

휴대폰이 울렸다. 식용유를 정리하다 말고 면장갑을 벗고 전화를 받았다.

"엄마다."

"아……. 잘 계셨어요?"

"그래. 네 얼굴 잊어버리겠다. 점심 어떠니? 내가 그리로 가마. 마트 앞 냉면집에서 점심 할래?"

"그러죠."

"그럼, 이따 간다."

엄마와 나 사이에 오고 간 지극히 경제적이라 할 만한 짧은 대화는 끝이 났다. 우리는 용건만 간단히 말하는 모녀 사이다.

삭정이처럼 메마르고 삭막한 기질을 가진 엄마를 닮고 싶지 않다. 그런데도 나는 점점 엄마를 닮아 가고 있는 것만 같다. 그 사실이 두렵다. 내가 열 살 때 이혼한 엄마였다. IT 회사의 부장으로 일하시던 아빠가 15년 뒤 과로사로 갑자기 돌아가시자마자, 엄마는 내가 엄마 곁으로 돌아와 주길 바랐다. 나는 엄마의 인생을 불쌍하게 여기긴 했지만, 한 인간으로서의 엄마는 싫었기 때문에 혼자 살기로 결심하고 일언지하에 거절했다.

난 혼자 살래요. 엄마가 나를 버린 뒤부터, 나는 누구도 믿지 않게 되었거든요.

“너희 아버지한테 내가 뭘 잘못했니? 사치를 했니? 바람을 피웠니? 아등바등 살려고 안간힘 썼던 죄밖에는 없다. 그런데 느이 아버지는 날 버렸어.”

아빠를 산에 묻고 내려오는 길에 엄마는 내게 하소연했었다. 엄마와 이혼 후 아빠는 재혼했다. 상대는 아빠의 여섯 살 연하 직속 직원이었다. 나긋나긋하고 조용했던 그 여인은 아빠와 딱 십 년만 살고는 자궁암으로 세상을 떠났다.

그랬으므로 아빠는 마지막 3년을 홀아비로 지냈다. 만약 엄마가 이혼 소송을 하지 않았다면 그 두 분의 결합이 이뤄질 수 있었을까 싶게, 둘은 크게 정다워 보이지도 않았고 그저 평범하기 짝이 없는 결혼생활을 했다. 사이에는 아이도 없었다.

나 때문이었을까? 그들의 낭만을 방해한 사람은 나였을까?

나를 바라보는 아버지의 처연한 눈빛과, 항상 미안한 얼굴로 살아가던 새엄마를 보면서 정작 나와 아빠를 버린 사람은 엄마라는 생각을 줄곧 했었다.

그까짓 것 못 참고 날 버려?

내 사춘기 방황은 아랑곳하지 않고, 엄마는 보란 듯이 자아발전을 거듭해 갔다. 고등학교까지 졸업한 엄마는 공부 못했던 한을 풀기라도 하듯 방송통신대학을 졸업하더니, 대학원 과정을 밟았고 마침내 박사 학위까지 따냈다. 시간강사로 다니던 대학교에서 드디어 전임 강사 자리를 얻어 냈고, 여성학을 강의하는 어엿한 대학 교수가 되었다. 홀로 서기에 성공한 여성의 대표로서 신문 칼럼을 썼고, 라디오나 텔레비전에 출연하는 유명인사가 되었다.

"느이 아버지가 나한테 위자료로 몇 푼 준 것 한 푼도 허투루 쓰지 않고 학비로 죄다 썼다. 증말 안 먹고 안 입고 그렇게 살아왔다. 그동안의 세월을 어떻게 다 말로 할까."

엄마는 똑순이다. 엄마의 똑 부러지는 기질이 나를 얼마나 숨 막히게 하는지…….

엄마는 알까?

여봐란 듯 대학 교수로 성공한 엄마의 말투는 신기하게도 나를 만날 때면 방송 매체에서 나긋나긋하게 말하는 표준어와는 영 딴판으로, 아빠와 살았던 시절의 고졸 출신 아낙네의 말투로 되돌아오곤 했다. 내가 마다했는데도 백화점에 데려가서 원피스를 사 주면서 엄마가 했던 말 때문에 엄마가 얼마나 알뜰하게 살아왔는지 그나마 알게 되었지, 그렇지 않았다면 나는 엄마에 대해 관심이 없었을 것이다.

엄마와 만나기로 한 냉면집은 손님들로 북적거렸다. 점심시간인 탓도 있지만, 어느 날 텔레비전에서 냉면 잘하는 맛집으로 소개되고부터 소문이 소문을 몰고 와서 성업 중이었다.

선글라스를 낀 엄마가 손을 번쩍 들어 보였다.

"방금 왔다. 물냉면 어떠니?"

엄마는 혼자 사는 여자답게 한층 더 깔끔하고 정결해 보였다.

우리 둘은 말 한 마디 하지 않고 냉면 먹는 일에 열중했다.

"내가 공부시켜 줄 테니 제발 대학 입시나 한번 치러 가지 않을래?"

내가 젓가락을 내려놓자 엄마는 내게 애원조로 말했다.

"하나밖에 없는 딸인데 대학 공부도 안 시킨 네 애비가 참 무심한 양반이다 싶었다. 요즘은 리어카를 끌고 다녀도 자식 대학 안 시키는 부모가 어디 있냐?"

내게는 흥미 없는 얘기였다.

"슈퍼마켓 점원으로 있으면 혼사도 뻔한 자리가 들어온다. 우설이는 만나고 있니?"

나는 고개를 끄덕였다.

헤어지면서도 엄마는 내 등을 두드리면서 다시 한 번 말했다.

"학원비며 등록금이며 걱정할 것 없다. 까짓 내가 덜 쓰고 덜 먹으면 되는 일이야. 이제껏도 그렇게 살아왔는데……. 이따 전화할게. 잘 생각해 보렴."

엄마의 동그란 등을 바라보며 괜히 엄마와 점심을 같이 했다고 후회했다. 엄마는 내게 허전한 마음을 안겨 주었다. 아빠가 이 세상에 없다는 사실을 새삼스레 확인시켜 주었으니까.

"엄마 만났으면 즐거워해야 할 것 아냐?"

내 표정이 어두웠나 보다. 박 과장님이 다가왔다. 그녀는 내 사정을 대충 알고 있다. 나보다 10년 위인 박 과장님은 40대 주부이다. 언니처럼 친근하다. 남의 감정과 자존감에 손상을 주지 않는, 이해심 많고 따뜻한 마음을 지닌 상사이다.

"엄마가 자꾸만 대학 공부하래요."

틈틈이 속에 있는 비밀스런 말을 툭툭 뱉어 내도 가십거리처럼 생각하지 않는 박 과장님이라서 나는 속말을 곧잘 털어놓았다.

"얼마나 고마운 일이니? 젊었을 때 열심히 뭐든지 해 놓아야 돼. 기회는 언제나 찾아오는 게 아냐."

일반론적인 말이다. 하기 싫은 공부를 억지로 해서 뭘 하나? 엄마 말대로 학벌이 좋아서 유능한 사람 만나 결혼하면 뭘 하나? 도대체 유능함의 기준은 뭐란 말인가?

"넌 매사에 너무 심드렁해. 다구지고 열심인 것이 있으면 뭐든 해낼 수 있을 텐데……."

마흔 중반인 박 과장님이 딱하다는 듯 혀를 끌끌 찼다.

"뭐가 되고 싶은 게 하나도 없어요, 이 세상에."

"어째 젊은 애가 그러니?"

박 과장님은 고개를 흔들었다.

박 과장님에게 비밀스런 것으로 남아 있는 것은 오직 롤러스케이트를 타고 옥상에서 한가롭게 놀고 있는 아이에 관한 일인데, 그 목격담만은 선뜻 입에 올릴 수 없었다.

내 속의 그대는 나에게 이렇게 속삭였다.

'아무도 제대로 된 말을 해 주지 않을지도 몰라. 사람들은 별로 심각하게 생각하지 않아. 남의 일이거든. 어떤 사람은 죽은 아이의 원한을 위해서라도 신고해야 된다고 말할 것이고, 어떤 사람은 아이의 장래를 위해서라도 못 본 척하는 게 현명하다고 말할걸. 그런데 너는 누구의 말을 들을 거니? 너도 그 두 가지 생각을 모두 가지고 있지 않니? 결정적인 행동을 하는 사람은 결국 넌데, 누구의 말을 듣는다 해도 결국은 너의 몫이야.'

우설 씨와는 간간이 만났다.

그와 약속한 카페는 쉽게 찾을 수 있었다.

"집에서는 결혼할 날이라도 받고 민경 씨와 데이트하라고 난립니다."

나는 헤이즐넛 커피를 마시면서 웃어넘겼다.

"우설 씨는 우리가 어떤 사이라고 생각하세요?"

"그야, 양쪽 엄마들의 바람대로 한 번씩 만나 밥이나 먹는 사이죠."

"밥이나 먹는 사이가 결혼하는 사이로 발전되길 원하세요?"

"핫하. 생전 그런 말 입 밖에도 내지 않더니, 오늘은 좀 이상하군요."

나도 생글거렸다. 인생은 쓸데없이 공허한 바람으로 가득 찬 소원 봉지와도 같은 것이니까. 우설 씨와의 무미건조한 관계를 마무리 짓는 게 좋을 것 같은 생각이 들었다.

"엄마는 아마 우리 사이가 발전되지 못하는 게 고졸 학력이 전부인 내 탓으로 느껴졌던가 봐요. 날 보고 공부하래요."

"그래요? 본인의 의사가 중요하잖아요. 대학 다니고 싶어요?"

"아니요. 정말이지 전혀 아니예요. 저는 지금 이 상태가 정말 좋아요."

나는 갑자기 목이 꽉 메어오는 것 같아 얼른 커피잔을 들고 헤이즐넛 커피를 조금씩 마셨다.

"아직도 손 교수님과 냉전 상탭니까?"

"냉전이란 말이 새삼스럽군요. 엄마와 전 이렇다 하게 다툰 일이 없어요. 늘 그럭저럭 지냈잖아요."

나는 눈을 흘겼다. 우설 씨는 사람은 좋은데 아무 말이나 생각 없이 하는 게 탈이다. 냉전이라니. 언제는 우리 모녀 사이가 좋았단 말인가. 누구보다도 잘 알면서.

엄마 고향 친구의 아들인 우설 씨는 나보다 다섯 살이나 위였다. 우설 씨는 경찰대학교를 나온, 장래가 촉망되는 경찰관이었다. 그는 언제 만나도 자신의 주장을 뚜렷하게 내세우지 않고 상대방을 먼저 생각하는 겸손이란 덕목을 가진 사람이었다. 그런 그는 어딜 봐도 경찰관답지 않았다. 특히 사복을 입을 때는 그가 그토록 되고 싶어 했던 섬세한 감성을 지닌 시인 같았다. 시인이 되고 싶었다던 그는 자신의 의사와는 상관없이, 앞으로 가장 전망이 밝은 직업을 선택해야 된다는 부모님의 견해대로 경찰대학교에 들어갔다.

우리 두 사람을 세상의 잣대로 저울질을 한다면 당연히 내가 기운다. 그만큼 우설 씨에게는 내가 알맞지 않은 상대이다. 그런데도 그의 부모는 내가 그의 배우자로 적합하다고 결혼을 하라고 하니 나는 무슨 영문인지 모르겠다. 우설 씨가 나와 결혼해 주길 바라는 마음은 정말이지 눈곱만큼도 없었다. 나는 나를 잘 안다. 간절한 열망 따위 잊고 산 지 오래다. 그와 나는 정말이지 어울리지 않았다.

그의 엄마는 우리 엄마에 비하면 몇 배나 따뜻한 사람이다. 우설 씨 아빠도 한때는 연인이 있었다는 말을 엄마에게서 들은 적이 있다. 그랬어도 우설 씨 엄마는 가정을 지킨 여인이다. 우설 씨 엄마는 엄마를 이 세상에서 가장 잘 이해해 주는 둘도 없는 친구이다. 아마 우설 씨 엄마의 인내심이 없었더라면, 엄마는 친구 한 명도 없는 외톨이였을 것이다.

어째서 두 친구는 그렇게도 다를까?

내 엄마도 우설 씨 엄마처럼 잘 견뎌 낼 수는 없었을까?

그랬기에 나는 우설 씨가 늘 부러웠어. 아마도, 우설 씨 부모님이 나를 며느리로 삼고 싶어 하는 이유는, 나에 대한 동정심이 아닐까?

"쓸쓸해하실 텐데 전화는 자주 하시지 그래요?"

그가 마치 친오빠처럼 진지하게 제의해 왔다.

"아까 낮에 엄마를 만나 냉면을 먹었어요"라고 말해 주었다.

"나도 요즘은 독립하고 싶다는 마음이 들어요. 부모님의 잣대에 내가 언제까지 기성복처럼 끼워 맞춰져야 하는지 한심한 생각이 들 때가 많아요."

그의 얼굴이 어두워졌다. 그가 자신에 대해 진짜 심각해하는 모습을, 나는 그때 처음 봤다.

이때다 싶었다. 나는 그의 마음을 들여다보고 싶었다.

"온실 속의 화초는 아니었군요. 저는 우설 씨를 그렇게 생각해 왔어요."

내 말속에 얼마간의 빈정거림이 섞여 있음을 그는 얼른 알아차렸다.

"그렇게 보였을 겁니다. 맞는 판단입니다."

그가 고개를 끄덕이며 겸연쩍은 듯 쓸쓸하게 웃었다.

"대학을 들어가려고 줄곧 다녔던 학원, 고등학교와 같았던 대학, 경찰이 되고 나서는 많이 달라지긴 했습니다만……. 한 번도 내 맘대로 결정해 본 일이 없는 아이, 친구 집에서

밤샘도 해 보지 못하고 눈치만 봤던 아이, 혼자 음식점에 들어가서 밥을 주문할 줄 모르는 사람… 난… 참 한심한 인간이었죠."

"왜죠?"

"어머니가 원하는 것이라면 뭐든 다 해드리고 싶었습니다. 민경 씨도 알잖아요. 어머니는 인내심이 강해요. 아버지에게는 오랫동안 사귀어 온 연인이 있었지요. 아직도 연인으로 지내고 있어요. 어머니가 그 사실을 묵인하는 것은, 나 때문입니다. 아들에게 깨진 가정을 물려주고 싶어 하지 않으셨습니다. 대신 어머니는……. 그 통증을 견디시느라 협심증을 앓은 지 아주 오래되었습니다. 어머니는 내가 경찰관이 되면 권력이 생긴다고 생각했던 것입니다. 사실, 시인은 너무 나약하지요. 무법한 행위에 대해 우회적으로 말하는 시인은 어머니에게는 못마땅한 존재였나 봅니다. 사실은, 가장 강력하게 저항하는 사람인데 말입니다."

나는 우설 씨에게 힘주어 말했다.

"경찰관 시인도 멋져요. 시를 써 보세요. 충분히 소질이 있어 보여요."

그는 나를 뚫어지게 바라보았다.

"민경 씨만 내 곁에 있어 준다면, 좋은 시를 쓸 것만 같습니다. 그래요, 시를 쓰겠습니다."

내 마음은 이상한 행복감에 휩싸였다. 단 한 번도 느껴본 적이 없는 울렁거림, 이런 느낌을 행복이라고 하는 걸까? 이 감정이란, 도대체 뭐지?

만화 영화를 제일 좋아하는 그와, 아직도 종이 인형을 가지고 노는 나는 답답한 카페를 나왔다.

"오늘은 제가 가자는 곳으로 함께 가 줄 수 있어요?"

내 말에 그는 싱글벙글 웃었다.

"민경 씨가 이렇게 적극적으로 나올 때도 있네요."

나를 따라오는 그의 발걸음은 춤추듯 경쾌했다.

"재미없는 곳에 재미없는 일로 가는 것이니까 나중에 실망하지 마세요."

그랬는데도 그는 별생각 없이 대답했다.

"암요. 어디든 갈 겁니다."

나는 무거운 발걸음을 옮기고 있는데 그는 저렇게 좋아하고 있으니 내 속의 그대가 또 반란할 조짐을 보이지만, 나는 내면의 속삭임을 지그시 눌러 뭉갰다. 아무 말도 입 밖으로 내지 않는 게 좋을 듯싶었다.

집 방향으로 가는 버스를 타고 우리 아파트 입구에서 내리자, 그는 흥분한 얼굴로 나를 바라보았다.

"집으로 초대하는 겁니까?"

나는 말없이 고개를 가로저으며 초등학교 건물로 또각또각 걸어갔다. 사복을 입은 현직 경찰관인 그가 나의 뒤를 따라왔다.

아이들이 모두 돌아간 초등학교의 손바닥만 한 운동장은 조용하기 그지없었다.

학교 건물의 닫힌 현관문을 열고 교무실을 건너 계단을 밟고 올라가는 나에게 우설 씨는 더 이상 말을 걸지 않았다. 나는 나에게 말을 걸어오는 차가운 그대가 혹시 이 일에 반란을 일으키지나 않을까 싶어 입술을 꽉 깨물었다.

드디어 옥상으로 통하는 문 앞에 왔다.

나는 잠시 망설였다. 그 아이가 혹시나 가 버렸으면 어떡하나……. 그렇다면 모처럼 마음먹고 나선 일이 허탕 치는 꼴이 되고 말 것이다.

우설 씨는 긴장하는 눈치였다. 내가 조심스레 옥상문을 열었다. 문은 기름칠을 한 것처럼 스르르 미끄러지듯 열렸다.

그 아이가 눈에 띄지 않았다. 롤러블레이드를 해 질 때까지 탔던 아이는 보이지 않았다. 그럴 리가 없다 싶어 나는 옥상을 한 바퀴 휙 둘러보았다. 실망감이 나를 휩쌌다. 내가 남의 일에 관심을 가지고 행동한 첫걸음. 그게 실패로 돌아가려나. 내일을 기약할 수 없었다. 나는 이 미궁의 사건에 관심의

뚜껑을 영원히 덮어 버릴 수 있을 테니까.

"여기 무슨 일로 오셨어요?"

환기통 뒤에 숨어 있던 아이가 롤러블레이드를 타고 내 앞으로 불쑥 다가왔다. 마치 주인이 나그네를 탐색하는 눈빛으로 나를 경계하는 아이의 눈을 보면서 대뜸 용건부터 말하고 말았다. 빙빙 돌리고 돌려, 이해하는 데 한참이나 걸리는 대화법에 나는 무척 서툰 사람이다.

"너, 여기에서 아이 하나의 등을 밀어 저 아래로 떨어뜨린 적 있지? 그 아이는 결국 죽고 말았어. 내가 널 지켜보고 있었어. 거짓말하면 안 돼."

남자아이가 나를 말끄러미 바라보았다.

우설 씨가 아연실색한 표정을 지었다. 바짝 긴장된 표정으로 굳어졌다. 내 몸은 그때부터 사정없이 떨리기 시작했다. 내 등 뒤에 서있던 우설 씨가 나에게 바짝 다가와 내 등을 토닥여 주었다.

그곳에서 눈을 들면 바로 내 아파트 베란다가 보였다. 아주 가까이 있는 내 집은 상상의 세계에서도 닿을 수 없는 천국처럼 아득하게 느껴졌다.

이곳으로 이사 왔다는 말을 하고부터 아침마다 우설 씨는 간밤을 무사히 보냈는지 확인 전화를 했다. 나는 모닝커피를 마시거나 거실을 왔다 갔다 하면서 휴대폰으로 우설 씨와 대화를 나누곤 했다.

언제부턴가, 이른 아침부터 옥상에서 롤러블레이드를 타고 있는 두 아이를 보았다. 난간이 낮은 데다 안전시설 하나 없는 옥상에서 주춤거리지도 않고 미끄러지는 두 아이들을 보면서 얼마나 조마조마했던지. 수업시간이 되면 사라져 버렸던 아이들이 어느 날부터는 아예 수업 시간에도 들어가지 않았다.

아이 두 명의 표정 하나 몸짓 하나를 놓치지 않고 볼 수 있는 너무나 가까운 거리에 내 집이 있었던 것이다.

나를 말끄러미 쳐다보고 있는, 갈색머리의 파란색 점퍼를 입은 아이와 이미 이 세상 사람이 아닌, 주근깨가 유난히 많은 빨간색 점퍼를 입었던 아이. 파란색 점퍼를 입은 이 아이보다 키도 작고 훨씬 가냘픈 몸을 가진 아이가 죽은 아이였다. 작은 몸을 잘 가누면서 용케도 균형을 잃지 않았던 파란색 점퍼 아이에 비해 위태롭게 움직였던 빨간색 점퍼를 입은 아이. 옥상 난간까지 아슬아슬하게 다가갈 적마다 아이는 나뭇잎처럼 팔랑거리며 허우적거렸다.

작은 아이의 죽음은 단순한 실족사로 보도되었다. 죽은 아이는 조금 모자라는 아이라고 했다.

실족사에 대한 책임은 전적으로 안전시설이 부족한 학교

에 돌아갔고 그로 말미암아 교장이 퇴임을 하게 되었다. 공립학교인지라 피해 보상은 국가가 한 셈이 되고 말았고, 그 사고 이후의 학교 옥상은 감옥소를 연상케 했다. 철조망을 쳐서 옥상 난간에 가까이 가는 학생의 접근을 막자는 의도였던 것 같다.

한 달간 학교 옥상은 정적 속에 휩싸였다. 그러나 어느 날부터 파란색 점퍼를 입은 이 아이가 다시 나타나기 시작했고, 아이는 아예 수업에 들어가지 않았다.

아이들의 키보다 훨씬 높게 쳐진 철조망이 대낮에는 햇빛에 반사되어 새롭게 둘러진 것을 유난히 강조하는 것처럼 반짝였지만, 어스름 무렵에는 우울하고 둔중한 느낌을 주었다.

"왜 그 아이의 등을 밀었어?"

내 말을 무시한 채 여유를 회복한 아이는 롤러블레이드를 타고 유유히 옥상을 돌았다.

"보통내기가 아니군."

우설 씨가 혀를 내둘렀다.

그건 어디까지나 남의 일이라고 끼어들지 말라고 말하던 내 속의 그대에게 가끔씩 저항하면서 내뱉었던 말이 있었다.

'그 아이가 어떤 말을 하더라도 누구에게도 말하지 않을 거야. 일부러 그런 게 아니라고 말한다면 고개를 끄덕여 줄 거야. 그럼 그렇겠지. 마음의 고통을 이길 수 없어 책상에 앉을 수가 없다고. 그 말을 하면 난 그 아이에게 위로의 말을 건네줄 거야. 비밀이야. 너와 나만의 비밀이니까 누구에게든지 말하면 안 돼. 씩씩하게 살아라. 그렇게 말할 테야.'

그러면 내 안의 그대는 이렇게 반박했다.

'네가 생각하는 그런 아이가 있는 줄 아니? 네가 기대했던 일들이 벌어지지 않으면?'

그래서 나는 이 아이를 만나길 주저한 것이었다.

여유를 부리는 아이가 두려웠다. 무척 이질적이고 모질게 보이는 저 아이는 결코 유순한 성격은 아닐 것이었다. 순간, 아이가 무섭다는 생각이 들었다.

아이가 사고를 냈던 그날도 우설 씨에게서 전화가 왔었다. 전화를 받으며 나는 습관적으로 옥상을 내려다보았다.

빨간색 점퍼를 입은 아이가 아슬아슬하게 옥상 난간까지 왔다가 겨우 균형을 잡고 앞가슴에 작은 손을 올려놓고 숨을 가다듬고 있었다. 항상 물끄러미 그 아이를 지켜보던 파란색 점퍼의 아이가 롤러블레이드의 속력을 쏜살같이 내면서 작은 아이에게 달려들어 그 아이의 등을 사정없이 밀어버렸다. 순식간에 일어난 일이었다.

옥상 아래로 떨어지는 찰나의 순간에도 작은 아이가 떨어지지 않으려고 안간힘을 다해 바둥거리는 것을 똑똑히 보았다. 책임감 없이 휘갈긴 설익은 화가의 붓놀림처럼 검은 빛줄기가 되어 사라졌던 작은 아이. 옥상에서 떨어진 작은 아이는 붉은 호박처럼 맥없이 으깨져 버렸다. 형체도 알아볼 수 없을 정도로 참혹한 모습이었다고 들었다.

"그날 아침 우설 씨와 전화로 말을 나누다가……. 보고 말았어요."

내 몸이 나의 의지와는 상관없이 덜덜 떨려왔다. 내 속의 그대도 어쩌지 못하고 침묵했다.

"그 때……. 맞아……. 민경 씨 말이 갑자기 끊어진 날. 수화기를 아무리 들고 있어도 더 이상 숨소리조차 들을 수 없었던 날. 딱 하루. 그런 날이 있었죠. 올봄에."

주체할 수조차 없이 떨리는 내 몸을 우설 씨가 안았다. 그는 참 따뜻했다. 그의 품은 무척 넓었다. 그의 품이 그렇게 편하고 안락한 줄 몰랐다.

파란색 점퍼를 입은 아이는 입가에 알쏭달쏭한 웃음을 매달고 나를 올려다보고 있다.

"애야, 난 다 알고 있어. 거짓말하지 말고 바른말로 대답해야 돼."

내 것이 아닌 갈라져 쉰 목소리가 내 속에서 자연스럽게 흘러나왔다.

"아저씨가 맛있는 것 사줄까?"

우설 씨가 아무래도 안 되겠다 싶었던 모양이다. 의외로 아이는 우리를 순순히 따라왔다. 롤러블레이드를 벗어 환기구 뒤에 감추어 두면서 씨익 웃었다.

"아무도 가지고 가지 않아요."

어스름이 깔린 운동장은 커다란 입을 가진 거대한 동굴처럼 보였다.

"뭐 먹고 싶니?"

부드럽게 말하는 우설 씨가 든든한 후견인처럼 보였다.

"햄버거요."

아이의 말대로 길 건너편에 있는 햄버거 가게에 갔다.

세트 메뉴를 가지고 오자마자 아이는 허겁지겁 먹기 시작했다. 무척 배가 고팠던 모양이었다. 나는 그제야 아이를 세심히 살펴보았다. 갈색 곱슬머리, 버석한 피부, 작은 눈이 날카롭게 위로 올라간 눈매, 뒤집어진 코, 광채가 없는 눈. 아이다운 순수함이 보이지 않는 얼굴이었다. 나는 괜한 일을 저지르는 것 같아 한숨을 내쉬었다.

우설 씨가 부드러운 목소리로 물었다.

"몇 학년이니?'

"오 학년이에요."

"부모가 계시니?"

"아빠만 계셔요."

"뭐 하시니?"

"마도로스예요."

"형제는?"

아이가 먹던 것을 잠시 멈추었다.

"이것 다 먹고 말하면 안 돼요?"

동네 작은 공원으로 가기까지 아이에게 더 이상의 질문을 하지 않았다.

벤치에 앉은 아이는 아까와는 딴 모습으로 고개를 푹 수그렸다. 우설 씨와 나는 조용히 기다렸다. 아이가 나를 올려다 보았다.

"뭘 원하시는 거예요? 돈을 원하시면 방법이 많아요. 우리 아버지는 내 동생 때문에 떼부자 됐어요. 보험금에다 위자료도 상당히 받았는걸요."

우리는 입이 딱 벌어졌다.

"죽은 아이가 네 동생이야?"

아이는 고개를 끄덕였다. 그래서 아무런 일이 없었다는 듯 넘어갈 수 있었을 것이다.

"아버지가 시킨 거니?"

아이는 고개를 끄덕였다.

“개는 어차피 죽어야 했어요. 병신이었어요. 나랑 쌍둥이예요. 말도 할 줄 모르고 뭘 제대로 하는 게 없었어요. 엄마를 내쫓은 아인걸요. 개만 낳지 않았어도 엄마는 아버지와 저랑 살 수 있었어요. 병신 낳았다고 얼마나 매를 맞았는지 엄마는 도망갔어요. 이런 돌로도 맞았는걸요.”

아이가 제법 커다란 정원석 하나를 가리켰다.

“울 엄마 머리에 맞았더라면 그 자리에서 끽 했을 거예요. 다행히 다리에 맞았으니 절름발이밖에 되지 않았지만요.”

할 말이 없었다.

“우리 아버지 신고해 주실래요? 밤마다 아버지한테 누나가 당해요. 누나는 죽으려고 결심해요. 언제 죽을지 몰라요.”

“누나?”

“네. 누나는 경찰에 신고하자고 해요. 나는 도대체 어떻게 하는 게 좋은지 모르겠어요. 아버지는 우리가 입을 여는 순간 죽어 버릴 거라고 해요. 아버지가 중요해요? 누나가 중요해요? 아버지가 자식보다 중요하게 생각하는 돈이 그렇게 가치가 있는 거예요? 나는 하루 종일 그 생각을 해요. 아무래도 돈이 더 중요한 것 같지는 않아요. 이 나라에서 도망치고 싶어요. 저를 살인자라고 신고하실 거예요?”

어두운 눈망울이 우리를 올려다보았다. 이미 눈물도 졸아

든 탓인지 아이는 메마른 눈만 꿈뻑거렸다.

"집에 가기 싫어요. 나를 데려가 주세요. 집이 아닌 곳이면 다 좋아요. 네?"

우리를 따라오던 아이는 캥거루를 연상케 할 정도로 겅중겅중 뛰다시피 걸었다. 내가 이부자리를 펴 주자 아이는 보릿자루가 쓰러지듯 맥없이 몸을 눕혔다.

죽은 듯이 자는 아이는 도무지 깨어날 줄 몰랐다. 간혹 흐느끼기도 하고 누나야, 울부짖기도 했다. 외로운 영혼이 힘들게 유영하는 모습을 우두커니 지켜보다 나는 우설 씨에게 말했다.

"이젠 그만 가 보세요."

그가 나를 바라봤다.

"혼자 해낼 수 있겠어?"

"그럼요."

"오늘은 집에 가지 않을 거야."

그는 창밖 아래 어두컴컴한 학교 옥상이 있는 자리를 내려다보았다. 아이를 처음 봤을 때가 이른 봄이었던가. 학교 운동장에는 깊어가는 가을의 상징인 양, 낙엽이 수북이 쌓여 있었다.

"반년을 이렇게 보냈단 말이지?"

그의 눈이 젖어들었다.

추웠던 마음이 더워지는 느낌이 들었다. 집안의 공기가 후끈해졌다.

잠깐 동안 잤는가 보다. 희붐하게 다가오는 태양빛을 받으며 눈을 떴다. 허리에 둘러진 그이의 단단한 팔이 느껴졌다. 아이는 그때까지 내 코앞에서 곤하게 자고 있었다. 잔잔한 얼굴이었다. 고단해 보이지만 얼굴이 반듯하게 펴져 있었다.

그날, 우린 둘 다 결근했다.

하루 온종일을 꼬박 자고 나서 아이는 눈을 떴다.

"배고파요."

잠에서 깨어난 아이가 처음으로 한 말이었다. 냉장고에 있는 먹다 남은 반찬에 새로 지은 밥을 꿀처럼 달게 먹으며 아이가 물었다.

"이제 날 어떻게 하실 거예요?"

나는 아이에게 도로 물었다.

"어떻게 하면 좋겠니?"

"아무래도 다 좋아요. 살 것 같아요. 이렇게 편해본 적이 없어요. 하고 싶은 대로 마음대로 하세요."

우설 씨가 웃었다.

"난 경찰이야."

아이가 처음에는 깜짝 놀라더니 뒤늦게 고개를 끄덕이고는 이렇게 말했다.

“처음부터 날 잡으려고 하셨군요. 진작 말했으면 도망쳤을지도 모르지만 아무튼 마음대로 하세요.”

우리는 아이의 말을 따라 우리의 뜻대로 일을 진행했다.

지금, 아이의 아버지는 자식들의 소원대로 이 세상에 없는 사람이 되고 말았다. 우설 씨가 경찰관 자격으로 아버지를 만나러 갔던 날, 그는 지레 겁을 먹고 찻길을 종횡무진 누비며 도망가다 화물을 잔뜩 싣고 질주하는 트럭에 치여 그 자리에서 즉사하고 말았다. 그는 마약 중독자이기도 했다. 우린 그저 그를 어디론가 멀리 떠나보내려고 일종의 연극을 했던 것뿐이었는데 그런 일이 벌어지고 말았다.

그들의 일이 일사불란하게 처리된 것처럼 우리들의 혼사도 신속하게 진행되었다. 우설 씨가 오누이의 생모를 찾았다. 생모는 이미 다른 남자와 살고 있었다. 오누이가 독립할 때까지 우리는 오누이의 보호자가 되어 주기로 했다.

에덴을 상실한 가정에서 자란 사람만이 할 수 있는 일이 바로 이것이라는 생각에, 우리 두 사람은 간단하게 연대할 수 있었다.

에덴의 회복을 이루자. 에덴을 살기 좋은 아름다운 동산으로 가꾸자. 두 사람이 벌거벗어도 전혀 부끄럽지 않은 에덴을 위하여!

결혼 전에, 우리는 우선 혼인 신고부터 했다.

그리고 오누이의 이름을 바꾸었고, 그 다음에는 우리 가정에 입양을 했다.

오늘은 우리의 결혼식 날이다.

이진솔, 이신솔. 남동생과 누이의 이름이다. 아이들을 우리의 호적에 올리면서 바꿔 준 이름이다. 오누이는 다른 이름을 부여받고 이 세상에 새롭게 태어났다.

우설 씨의 부모님에게 폐백을 드리려고 폐백실로 가는데, 내 뒤로 어느새 평상복을 갈아입은 내 딸 신솔이가 음식이 가득 든 바구니를 들고 따라온다. 열여섯 살 사춘기 소녀 신솔이가 나를 보고 살짝 웃었다. 눈물이 날 정도로 예쁜 아이다. 그 곁에는 내 아들 진솔이도 있었다. 진솔이도 나를 보며 씨익 웃었다. 든든한 남자아이다. 사랑해 줄 것이다.

'생각대로 인생이 되는 것 봤어? 너는 그 어떤 경우에도 저 아이들을 끝까지 거두어 줄 자신이 정말 있는 거니?'

얼음처럼 차가운 내 안의 그대가 불현듯 내게 말을 걸었다. 나는 깜짝 놀라 얼굴이 후끈 달아올랐다. 내가 이상한 사건에 휘말린 것처럼 갑자기 불안해지고 괜한 일을 한 것같이 가슴이 벌렁거렸다. 나는 도리질을 했다. 나는 단호하게 내 안의 그대에게 작별 인사를 한다.

'내 상처 입은 영혼아. 내게서 떠나가라. 나는 새로운 나의 주인 희망을 맞아들였다. 나는 희망에게 복종할 것이며, 새로운 두 생명을 책임질 것이다. 나는 사랑할 것이다. 내 불쌍한 영혼아. 미련 없이 내게서 떠나가라. 나는 이제 새로운 주인을 맞았으므로, 옛날의 내가 아니다. 내 안의 새로운 주인은 언젠가 어두운 그림자를 몰고 내게 다시 찾아올지도 모를 너를 아는 체조차 하지 않을 것이다. 섭섭해하지 마라. 내 인생의 어두웠던 부분을 차지했던 너를 이제는 보내련다. 옛 허물을 벗어던지는 것처럼. 잘 가라, 불쌍한 나의 어두웠던 그림자여. 영원히 아듀.'

그이의 어머님이 던져 주는 대추 한 줌이 나의 다홍빛 치마폭 위에 수북이 떨어지고 있다. 마치 붉은 생명인 듯.

작가의 말

모든 존재는 사랑의 결정체입니다.

부모님 슬하 우리 여섯 남매는 각각 다르지만, 서로가 서로에게 빛줄기 같은 사랑의 언어와 방식으로 살았습니다. 우리는 기억을 나누면서, 각자의 말에는 온도 차이가 있다는 사실과 함께 사랑하는 방식이 서툴기도, 모자라기도 하다는 사실에 의심의 여지가 없다는 것을 확인하곤 합니다. 그래도 그건 사랑이라고 말합니다. 나의 가족도, 나의 이웃도, 그렇게 살아가고 있다며 고개를 끄덕입니다.

말의 온도 차이가 어떠하든지, 사랑하는 방법이 어떠하든지, 우리는 오늘도 주어진 삶을 살아가고 있습니다. 올해 초부터 중국 우한에서 발생한 코로나19는 지금도 전 세계를 뒤덮고 있으며 여전히 수그러들 기미가 보이지 않습니다. 코로나19는 어린아이도 마스크를 쓰게 합니다. 마스크가 성가시다고 한사코 고개를 흔드는 아기에게 마스크를 써야 한다고 달래는 젊은 엄마는 사랑 가득한 눈으로 아기를 애처롭게 바라봅니다. 아무리 어린아이더라도 마스크를 쓰게 하는 일은 엄마의 의무이고 사랑인 것입니다.

나의 이번 소설집은 형태와 빛깔이 다른, 사랑에 관한 이야기들입니다. 소설집을 준비하면서 나는 왜 이렇게 오랜 시간 동안 글을 썼을까? 반문해 보았습니다. 바로 에덴의 회복이 나의 꿈이었고, 그러기 위해 글을 쓰려고 애썼다는 생각이 듭니다.

사랑을 주제로 삼는 인생을 짓고 싶었습니다. 든든한 사랑은 튼튼한 인생을 만들어 가는 비결입니다. 누구 한 사람도 상대를 탓하지 않고 존재를 있는 그대로 받아들이는 나의 사랑하는 가족에게 경건한 마음으로 감사를 드리는 시간이 되었습니다. 문학을 허락하시고 인간 존엄을 말할 수 있는 작가로 살게 하시는 나의 하나님께 감사드립니다.

내가 사랑하는 모든 분들께 이 소설집을 바칩니다. 더 많은 시간을 함께하지 못하고 그 아픈 마음에 더 많이 공감하고 위로해 주지 못해서 미안합니다. 나의 소설집이 이 위기의 시간에 위로가 된다면 더한 바람이 없겠습니다.

소설집을 펴내는 데 도움을 주신 강수걸 대표님, 박정은 편집자, 최예빈 편집자께도 감사드립니다.

없으면 허전하고 있으면 평안해지는 그런 존재로 살고 싶습니다. 내가 닿고 싶은 에덴을 향해 더 가까이 다가간다면, 권했던 공부는 안 하고 문학의 길로 갔다며 한소리하실 것 같은 아버지도 용서하실 테지요. 에덴의 진정한 회복은 평안남도 연풍리가 고향인 아버지의 간절한 소망이었으니까요. 저녁상을 차려놓고, 하루 일을 마친 아버지의 발을 따뜻한 물로 씻겨 드렸던 평양 수옥리 출생 나의 정갈한 어머니도 환하게 웃으실 것만 같습니다.

2020년 11월

늦가을 물든 나뭇잎에 하얀 서리가 내려앉음을 보며

바람, 바람, 코로나19

초판 1쇄 발행 2020년 12월 7일

지은이 문선희
펴낸이 강수걸
편집장 권경옥
편집 박정은 최예빈 윤은미 강나래
디자인 권문경 조은비
펴낸곳 산지니
등록 2005년 2월 7일 제333-3370000251002005000001호
주소 부산시 해운대구 수영강변대로 140 BCC 613호
전화 051-504-7070 | 팩스 051-507-7543
홈페이지 www.sanzinibook.com
전자우편 sanzini@sanzinibook.com
블로그 sanzinibook.tistory.com

ISBN 978-89-6545-687-2 03810

* 책값은 뒤표지에 있습니다.
* 이 도서의 국립중앙도서관 출판예정도서목록(CIP)은 서지정보유통지원시스템 홈페이지(http://seoji.nl.go.kr)와 국가자료공동목록시스템(http://www.nl.go.kr/kolisnet)에서 이용하실 수 있습니다.(CIP제어번호: CIP2020050310)
* 본 도서는 울산문화재단 '2020 울산예술지원' 선정사업의 일환으로 제작되었습니다.

울산광역시 울산문화재단